講談社文庫

継承

奥右筆秘帳

上田秀人

講談社

目次

奥右筆秘帳

継承

◆『継承──奥右筆秘帳』の主要登場人物◆

立花併右衛門《たちばなへいえもん》　奥右筆組頭《おくゆうひつくみがしら》として幕政の闇に触れる。麻布簞笥町《あざぶたんすまち》に屋敷がある旗本。

柊　衛悟《ひいらぎえいご》　立花家の隣家の次男。併右衛門から護衛役を頼まれた若き剣術遣《つか》い。

瑞紀《みずき》　併右衛門の気丈な一人娘。

大久保典膳《おおくぼてんぜん》　涼天覚清流《りようてんかくしんりゆう》の大久保道場の主。剣禅一如《けんぜんいちによ》を旨《むね》とする衛悟の師匠。

上田　聖《うえだちから》　大久保道場の師範代。黒田《くろだ》藩の小荷駄《こにだ》支配役《しはいやく》。衛悟の剣友。

加藤仁左衛門《かとうにざえもん》　併右衛門と同役の奥右筆組頭。

太田備中守資愛《おおたびつちゆうのかみすけよし》　老中。併右衛門に刺客を放ったことがある。

田村一郎兵衛《たむらいちろうひようえ》　太田備中守の留守居役《るすいやく》。

成瀬民部少輔正典《なるせみんぶしようゆうまさのり》　御三家の老臣。尾張《おわり》藩の付け家老。

北条安房守氏興《ほうじようあわのかみうじおき》　駿府城代《すんぷじようだい》。家康の書付の真贋《しんがん》鑑定を依頼する。

松平　越中守　定信《まつだいらえつちゆうのかみさだのぶ》　奥州白河《おうしゆうしらかわ》藩主。老中として寛政《かんせい》の改革を進めたが、現在は溜間詰《たまりのまづめ》。

一橋民部卿治済《ひとつばしみんぶきようはるさだ》　権中納言《ごんのちゆうなごん》。家斉の実父。幕政に介入し、敵対した定信を失脚させた。

徳川家斉《とくがわいえなり》　十一代将軍。御三卿《ごさんきよう》一橋家の出身。大勢の子をなす。

冥府防人《めいふさきもり》　鬼神流《きじんりゆう》を名乗る居合い抜きの達人。大太刀で衛悟の前に立ちはだかる。

絹《きぬ》　冥府防人の妹。一橋治済を〝お館《やかた》さま〟と呼び、寵愛《ちようあい》を受ける。

村垣源内《むらがきげんない》　家斉に仕えるお庭番《にわばん》。根来流《ねごろりゆう》忍術の遣い手。

覚蟬《かくぜん》　上野寛永寺《かんえいじ》の俊才だったが酒と女に溺《おぼ》れ、願人《がんにん》坊主に。衛悟の知人。

第一章　名門の跡継

一

江戸城が哀しみに包まれた。

寛政《かんせい》九年（一七九七）三月十二日、十一代将軍家斉《いえなり》の四男敬之助《けいのすけ》が、死去したのである。

敬之助は寛政七年（一七九五）に家斉と側室お歌《うた》の方の間に生まれ、寛政八年（一七九六）、御三家尾張大納言《おわりだいなごん》の養子となっていた。

「そうか、敬之助が死んだか」

すでに危篤《きとく》状態にあると報告を受けていた家斉は、ただそうつぶやいただけであった。

昨年九月には、山王《さんのう》神社参拝の供として連れていくなど、かわいがっていただけに、家斉の肩は落ちていた。

「三日間、鳴りもの音曲を停止する」

町奉行所から江戸城下に弔意を表すようにとの通告が、町役人へと下達《かたつ》された。幕府の予定していた行事や、諸大名たちの婚礼、元服などの祝いごとも日延べとなった。

しかし、奥右筆《おくゆうひつ》部屋は悲嘆に暮れている暇はなかった。

「葬儀の手配はどちらがすることになるのだと、勘定衆《かんじょうしゅう》伺方《うかがいかた》よりお問い合わせが参っております る」

奥右筆勝手掛《かってがかり》が、質問に来た。

「加藤《かとう》どの。前例の通りでよろしいか」

「うむ。立花《たちばな》氏」

二人いる奥右筆組頭《くみがしら》が顔をあわせた。重要な案件の場合は、こうして互いの意見を確認するのが慣習であった。

「姫さま方の前例しかないが」

口を開いたのは奥右筆組頭立花併右衛門《へいえもん》であった。

「相手方のお屋敷へ移ってからのご逝去は向こうで、まだ奥においでのおりは、お上《かみ》にて執りおこなうこととなっておる。したがって、敬之助ぎみのご葬儀は、幕府にていたすこととなる」

「はっ。そのように勘定方へ返答をいたしまする」

奥右筆勝手掛が自席へと戻っていった。

幕府の書類いっさいをあつかう奥右筆の重要な職務に、前例の調査があった。御用部屋で新しい法を作る場合など、かならず奥右筆に諮問《しもん》が来た。過去、同様の法がなかったか、あるいは反するような法が出されていないかなどの確認を求められる。

奥右筆、その職に求められているのは、達筆ではなく、膨大な記憶であった。

併右衛門の答えを受けて、敬之助の葬儀は、幕府側役《そばやく》がとりしきり、伝通院《でんづういん》で営まれた。

「順逆は許さずか」

親より先に死ぬことほど不孝なことはない。儒教を柱とする幕府である。我が子の葬儀に家斉は参加できなかった。

「格下の葬儀に参することは将軍の権威を落とすことになりまする」

冷たい声で宣告に来た老中太田備中守資愛《おおたびっちゅうのかみすけよし》の顔を家斉は忘れられなかった。

「親としての気持ちさえ出せぬ。人としての心を持たぬ者が将軍なのか」

「それでは、礼ある政《まつりごと》などできませぬ」

家斉の恨《うら》みに首を振ったのは、前老中筆頭松平越中守《まつだいらえっちゅうのかみ》定信《さだのぶ》であった。田沼意次《たぬまおきつぐ》によって乱れた治世を、思いきった倹約と締め付けで建てなおした功臣は、将軍の父一橋治済《ひとつばしはるさだ》との確執に敗れて職を解かれ、現在は溜間詰《たまりのまづめ》将軍家ご下問衆《かもんしゅう》という名ばかりの隠居生活となっていた。

しかし、それを隠《かく》れ蓑《みの》に松平定信は、家斉のよき相談相手として、幕政の助言などをおこなっていた。

「越中よ」

家斉が松平定信の顔を見た。

二人は、余人を交えず、吹上《ふきあげ》の庭を散策していた。

「はい」

「将軍は、政にかかわれるのか」

冷たい目で家斉が問うた。

「できまする」

間髪を入れず、定信が答えた。

「八代さまは見事に幕政をたてなおされました」

「躬《み》にできると思うか」

家斉が重ねて訊《き》いた。

「もちろんでございまする」

しっかりと定信が首肯《しゅこう》した。

「なら、越中、覚悟して返答いたせ」

逃げ口上は許さぬと家斉が宣した。

「先代家治《いえはる》さまは、政をなさったのか」

「………」

定信は絶句した。

「躬が将軍となったばかりのころ、そなたはどうしていた。一度でも躬に相談をなしたか。そなたがいつも求めたのは、決定という名の花押《かおう》だけ。違ったか」

家斉の指弾は、定信をきびしく打った。

安永《あんえい》二年（一七七三）生まれの家斉が、家治の死去をうけて、将軍となったのは、天明《てんめい》六年（一七八六）、十四歳のときであった。

「田沼主殿頭《とのものかみ》の悪政がもたらした混乱は、お若き上様に……」

定信が、必死に言いわけをした。

「ほう。おもしろいことを申す。将軍となった以上、すべては躬の責ではないのか。政をおこなうに幼すぎると思うならば、躬を選ばねばよいだけじゃ。躬ではなく父を将軍にしてもよかったし、御三家から適任をさがすこともできたはず」

手をゆるめず、家斉が定信を追い詰めた。

「他家を継がれたお方は、除外されるべきでございましょう。同じ徳川《とくがわ》とはいえ、別家されたお方には、その家を守る義務が生じまする。家には家禄《かろく》と家臣がついておりまする。それらを見捨てることは、主君としてただしき筋ではございませぬ」

定信が言いわけをした。

たしかに家康《いえやす》は豊臣秀吉《とよとみひでよし》の養子に出した次男秀康《ひでやす》を、長男信康《のぶやす》切腹以後跡継ぎとしなかった。

「ならば、三卿《さんきょう》はなんだ。八代将軍吉宗《よしむね》さまがつくられた一橋、田安《たやす》、九代将軍家重《いえしげ》さまの血を引く清水《しみず》の三卿は、将軍に人なきときに血筋を返すためにあるのではないか。なにより三卿には守るべき家が、臣がおらぬ」

将軍家お身内衆と呼ばれる御三卿には、家という形態がなかった。領地も与えられず、毎年幕府から十万俵の合力米を受けとるだけで、家臣もいなかった。家政は幕府からつけられた旗本によっておこなわれた。

「それは……」

言い返す言葉もなく定信が詰まった。

「逃げるな、定信。御三卿は、将軍位を狙うために存在する。そうであろう。でなくば、政にかかわることが許されぬ田安の当主に、そなたが固執する必要はなかったはずじゃ」

家斉は、定信の恨みを知っていた。

「上様……」

「将軍になれれば、天下の政を思うがままにできる。そう考えたのだろうが、曾祖父《そうそふ》吉宗さまの世とは違う。将軍などなにもできぬ。政はすべて老中どもの手に握られ、躬はなにもさせてもらえぬ」

「そのようなことは……」

「将軍はな、定信。二つの条件がそろえば、出自が御三卿であれ、御三家であれ関係ないのだ」

「二つでございますか」

定信が質問した。

「一つは、神君家康さまの血を引いておること。もう一つは……」

「もう一つは……」

「政に手出しをせぬことよ」

「そ、そのようなこと」

あわてて定信が首を振った。

「懲《こ》りたのよ、譜代《ふだい》の連中は。吉宗さまにな。将軍が政をおこなえば、老中はかざりとなってしまう。名誉も権力も実利も奪われた。それでは、なんのために苦労して出世したかわからぬからな。だから、十一代にそなたは選ばれなかった。父もな。二人とも政に手だしすると明言しておったであろう」

「上様、その話はどこで」

定信が驚愕《きょうがく》した。

「お庭番《にわばん》から聞いたわ。躬が将軍となった日にな。十代家治さまの嫡男家基《いえもと》どのが除けられたのもそれが原因よ」

「ううむ……」

低い声で定信がうなった。

「殺された家基どのはお気の毒であったが、そなたは白河《しらかわ》へ出てよかったではないか。老中筆頭として政を自在にできた。そうであろ。将軍を継いで、政に口出ししていたら、今、生きておるかどうかわからぬぞ」

家斉が淡々と述べた。

「幕府はな、将軍ではないのだ。幕府は政を売る店で、将軍はその看板。看板は店の商いに口出しをせぬ。いや、ただの飾り」

「……………」

定信は黙るしかなかった。

「越中よ。将軍とは人であってはならぬものなのだ。庶民が明日餓死《がし》しようとも、躬にはなにもできぬ。我が子の墓にも参ることが許されぬ将軍などな、飾りで十分よ」

「上様……」

つらそうに定信が呼びかけた。

「せめて、政を任せる老中くらいは、躬が選びたいものよ」

幕府の役人の任命も、すべて御用部屋の決定を追認するだけだった。家斉には人選も、拒絶の意思を示すこともできなかった。

「なにもさせぬなら、なにも聞かせてくれるな」

「上様……」

定信は背を向けた家斉に、かける言葉をもっていなかった。

大久保《おおくぼ》道場に新弟子が入った。

「初々《ういうい》しいな」

柊衛悟《ひいらぎえいご》は、身についていない裃《かみしも》姿の新弟子を見て、ほほえんだ。

稽古事《けいこごと》は六歳六ヵ月に始めるのが上達によいとされている。道場の下座でたどたどしく道場主大久保典膳《てんぜん》へ頭をさげている子供の年齢もそんなものだろうと思えた。

「われらにも、ああいう時代はあったのだ」

親友で師範代でもある黒田《くろだ》藩小荷駄支配上田聖《こにだしはいうえだちから》が、眼を細めた。

「衛悟、おぬしが来たときのことを忘れてはおらぬぞ。あの子供よりまだ小さくて、とても六歳には見えなかったわ」

上田聖が、思い出を口にした。衛悟より上田聖は年長である。

剣術を始める前の衛悟は、たしかに同世代に比べて小柄であった。

「それが二十年も剣術をやると、こう無駄に大きくなるかな」

体格では上田聖におよばぬものの、衛悟の身の丈は六尺（約百八十センチメートル）近く、人混みを歩いていても頭一つ出る。
「毎日のように師範から頭を竹刀《しない》で叩《たた》かれていたわりに、おたがい育ったものだ」

二人は顔を見あわせて、笑った。

「しかし、あの子供は、よくこんな小さな道場へ来る気になったものだな」

衛悟は感心した。

大久保典膳は涼天覚清流《りようてんかくしんりゆう》を教えている。涼天覚清流は、ただ一筋に振りあげた太刀を、稲光《いなびかり》よりも早く、巌《いわお》より重く落とし、鎧兜《よろいかぶと》を身につけている武者を一撃で仕留めることを極意とする戦国剣術である。泰平の世にはまったく無用といっていい流派であった。

「見たところ御家人らしいが、ここを選ばずとも、小野《おの》派一刀流《はいっとうりゆう》を始め、新陰流《しんかげりゆう》、直《じき》心影《しんかげ》など、いくらでも有名なところがあるというのに」

大久保典膳の剣名は知る人ぞ知るであり、けっして有名ではなかった。

「家でも近いのか」

衛悟は首をかしげた。

上田聖が声を潜めた。

「ここらで、大久保道場より束修《そくしゆう》の安いところはないからな」

束修とは、剣術を習う代金のことである。

道場によって多少の差があるが、多くの道場は年二回、盆と暮れに束修を先納させていた。弟子たちは、お礼の品を添えて束修を差しだし、道場主は白扇などをお返しとする。

「節季ごとに二分《ぶ》だからな。よそではこうはいかぬ」

大久保道場の束修は、一回二分、一年で四分、ちょうど一両になる。

「有名どころともなると一回四両、年に八両というところもある。そのうえ、師範だけではない。師範代にもいくら、道場先達にいくら、下男にいくらと、礼金を包まなければならないらしい。それこそ一年十両をこえるところもあるというぞ。そんなところに息子をやることのできる御家人は、そういないだろう」

「だな」

説明を受けて、衛悟も納得した。

「師範ももう少し欲を出されてもよいのにな」

大久保典膳は独り身ということもあるのだろう。あまり金銭に頓着《とんちゃく》していなかった。酒は好きだが、煙草《たばこ》はたしなまない。どころか、弟子が煙草を吸えば破門である。

「煙草は肺の力を落とす。息を貯めておく肺が衰えて、どうやって戦いを耐え抜くか」

六歳から苦労した弟子が、煙草の匂いをさせていたことで、目録寸前に叩《たた》き出されることもあった。

元服を終えて、十七、十八ともなるとどうしても遊びに目が移りがちになる。遊郭で女の味を知り、遊女の吸いつける煙草を受けとるようになると、多くが崩れていく。

「道場の修理もままならぬ状況だしの」

上田聖が見まわした。

さすがに雨漏《あまも》りはしないが、無双窓《むそうまど》の桟《さん》は折れ、羽目板にも穴がいくつも開いている。

一度大工を入れて、きちっとした修繕をしないと、道場というより廃屋に見えそうであった。

「免許料をとろうか」

新弟子を帰した大久保典膳が割って入った。

「こ、これは……」

内緒話に夢中であった二人は、大久保典膳の気配にまったく気づいていなかった。

「そろそろ窓を直さぬとな、夏でも開けられぬとなっては、たまらぬでな。衛悟」

大久保典膳が、衛悟の肩を叩いた。

「それは、ご勘弁を」

あわてて衛悟は謝った。

師範代の上田聖が三年前に得たことを思えば遅いが、ようやくこの春、衛悟は涼天覚清流の免許皆伝を許されることとなった。

大久保道場では、切り紙、目録、免許などもすべて束修のうちに入っているが、他流ではその度《たび》に礼を取るのが普通であった。

切り紙で二分、目録で一両、免許ともなると五両は必要であった。とても柊家のやつかい叔父にだせる金額ではなかった。

「ならば、板でも用意して、穴を塞《ふさ》ぐくらいのことはせんか」

笑いながら大久保典膳が命じた。

「はっ」

衛悟は頭をさげた。

「師」

「よし、竹刀を持て」

大久保典膳の声で、その日の稽古が始まった。

二

一橋家は徳川にとって格別である。

初代が幕府中興の祖と崇《あが》められる吉宗の四男ということもある。それ以上に、本家へ血筋を返したことが大きかった。

現十一代将軍家斉は、一橋家当主治済の長男であった。

幕府への影響力は、当然のごとく大きく、治済に頼みごとをしにくる大名旗本、商人で館《やかた》の前は市をなしていた。

「なにとぞ、よしなにおはからいくださいますよう」

「雲州《うんしゅう》どののお気づかい、覚えておこう」

下がっていく出雲《いずも》松平十八万六千石の留守居役《るすいやく》へ、決まりきった愛想の言葉をかけながら、治済は冷たく眼を光らせた。

「ふん。お手許金の下賜《かし》を頼んでくれか」

留守居役がいなくなった書院で、治済が笑った。

「そんなもの一度出雲に許せば、他にも融通してやらねばならなくなろう。始末に負えぬことになるではないか」

戦国終わって百八十年、禄高《ろくだか》の増える理由を失った武家の経済は逼迫《ひっぱく》していた。どこの大名も商人から莫大《ばくだい》な金を借りており、なかには参勤交代の茶代を踏み倒す家まであった。

なかでも出雲の松平家は貧乏で知られていた。

出雲松平家の祖は、徳川家康の次男秀康である。

秀康は、生まれたときから実父家康に嫌われ、長く親子としての対面もなされなかった。ようやく親子の名のりが許されたかと思えば、すぐに豊臣秀吉のもとへ養子を口実にした人質にやられた。関ヶ原では、合戦に加わることさえ許されず、江戸で留守を命じられるなど、ことごとく家康に嫌われ続けた。

さすがに徳川が天下を取った後は、将軍の息子として遇しないわけにはいかず、越《えち》前《ぜん》の太守として福井で六十七万石、飛び地下総結城《しもうさゆうき》郡もあわせると八十五万石という御三家をしのぐ大領を与えられた。

越前福井松平家は、将軍を継いだ二代秀忠《ひでただ》によって制外の家とされ、武家《ぶけ》諸法度《しょはっと》へしたがわずともよいとまでの厚遇を受けた。

しかし、秀康がわずか三十四歳で死去した後は、幕府の度重《たび》なる弾圧を受け、秀康の遺領はいくつもの分家に細断された。

出雲松平家もその一つであり、秀康の三男直政《なおまさ》を藩祖としていた。

「いつまでも、特別扱いを受けられると思うのは、命取りになる」

治済がつぶやいた。

徳川家にとって秀康は、喉《のど》に刺さった小骨のような不快な存在である。将軍となった秀忠の兄なのだ。せめて父親が違うのならまだよかった。異父兄が、本家の弟にしたがう例は過去いくつもあった。

秀康の場合は、父は秀忠と同じ家康なのだ。幕府が根本においている長幼を軸にすると、越前松平は将軍よりも正統になる。

徳川の家を出て、豊臣へ、さらに結城と他姓を継いだため、秀康は将軍となることができなかった。

幕府の苦しい言いわけである。家康にその気があれば、いくらでもやりようはあった。なんといっても秀康は、武将として名をはせていた。関ヶ原という、徳川にとって切所の決戦の場へ遅刻する秀忠とは違ったのだ。

それでも家康は、秀康ではなく秀忠を選んだ。秀忠にとって、どれほど秀康が目障りだったか劣った弟が優秀な兄を家臣とする。

など、いうまでもない。

しかも、秀康には多くの外様《とざま》大名がついていた。秀吉の養子として長く大坂にいたこともあって、秀康は加藤清正《かとうきよまさ》、福島正則《ふくしままさのり》ら豊臣恩顧の大名と仲がよかった。

勢力を落としたとはいえ、まだ豊臣が大坂にあった。秀忠は、秀康を持ちあげることで、豊臣恩顧の大名たちの気分をおさめるしかなかった。秀忠の不満は、秀康の子孫に向けられ、越前家は一度取《と》り潰《つぶ》しの憂き目にあった。

それでも家康の直系には違いない。完全に潰すこともできず、幕府は秀康の子孫たちを親藩として遇せざるを得なかった。

「十八万六千石か。隠岐《おき》の預かりを入れて二十万と少し」

天領である隠岐の島を幕府は、松江藩の預かりとしていた。

「多くはないが……まあ、文句は言えぬだけあるな」

治済が手をたたいた。

「誰かある」

「これに」

襖《ふすま》が開いて、用人が顔を出した。

「出雲侯には、跡継ぎがおったかの」

「たしか、寛政三年（一七九一）に御嫡男ご誕生とうかがいました」

用人がすぐに答えた。

「そうか。いたか」

「なにか」

「いや、よい。次は誰じゃ」

問いかける用人へ、治済は首を振った。

「日本橋の呉服屋松島屋《まつしまや》がお目通りを願っておりまする」

「松島屋か。また、大奥出入りの話よな」

「おそらくは」

用人が首肯した。

吉宗の時代、大きく規模を削られた大奥だったが、家重、家治と代を重ねる間にかつての権を取りもどしていた。

大奥に住する女中たちが、注文する物品の量は桁外《けたはず》れに多い。なかでも季節ごとに新調する衣服の金額は、競い合うこともあって膨大なものとなっていた。

「松島屋が、お屋形《やかた》さまへと、土産を持参いたしましてございまする」

「いくつじゃ」

「餅《もち》八つで」

下卑《げび》た笑いを用人が浮かべた。

一橋の家臣は旗本からなっていた。幕府から一橋家へ出向という形を取り、家政を見るのである。これこそ、御三卿は大名ではなく、将軍家お身内と言われる所以《ゆえん》であった。

しかし、それでは一橋家の当主に不便が生じる。ようやく馴染《なじ》み、気心の知れたあたりで転任されては、たまったものではない。

幕府もそこを勘案して、わずかながら、御三卿に独自の家臣を抱えさせた。この用人はその一人であった。

「八つか。なかなかにはりこんだの」

餅は、切り餅、二十五両の包みである。餅八つは二百両であった。

「一度は口をきいてやらねばなるまいか」

「喜びましょう」

「留守居へ、書状を出してやろう。紙と硯《すずり》を用意いたせ。左内《さない》」

大奥いっさいの所用は、御広敷《おひろしき》を管轄《かんかつ》する留守居の任である。諸藩における留守居役とは違う。将軍が江戸城を離れるときに、その留守を守る旗本最高の役職であった。

「ただちに」

用人城島《じようじま》左内が、部屋を出ていった。

「あいつの懐《ふところ》にも一つくらいは入ったか」

勇んで出ていった左内へ、治済が漏らした。

奥右筆部屋には、幕府の公用文書すべてが集結した。いわば機密の固まりである。たとえ老中といえども、無断で立ち入ることは許されないだけの権威があった。

「お坊主衆よ」

奥右筆部屋の前には、御殿坊主がいつも控えていた。

「これは御老中さま」

あわてて御殿坊主が平伏した。

現れたのは老中太田備中守資愛であった。

「なにか御用でございましょうか」

御殿坊主が首をかしげた。

老中たちが執務する御用部屋には、専用の御殿坊主、御用部屋坊主が常駐している。なにか所用があるなら、御用部屋坊主を走らせればすむはずであった。

「うむ。奥右筆組頭、どちらでもかまわぬ。一人呼んでくれぬか」

太田備中守が頼んだ。

幕府で最高の権力を誇る老中が、御殿坊主にていねいな口をきくにはそれだけの理由があった。

身分が低い御殿坊主に、それだけの力があるのは、城中の雑用いっさいを担当していたからである。今のような伝言から、湯茶の用意など、日常必要なことは、御殿坊主の手を経なければできないようになっていた。

それこそ老中といえども、御殿坊主の機嫌をそこねると、城中で一滴の水さえ飲めなくなるのだ。さらに、城中のどこへでも出入りできる御殿坊主ほど、噂《うわさ》にくわしい者もなかった。言い換えれば、御殿坊主に嫌われると、城中であらぬ噂をたてられかねない。たがいに蹴落としあうことで出世の道を探っていく役人にとって、敵に回せば、御殿坊主ほど厄介《やっかい》な存在はなかった。

「承知いたしました。ご老中さまはどちらで」

どこへ連れていけばいいかと、御殿坊主が問うた。

「その角を曲がった入り側で待っておる」

告げて、太田備中守は背を向けた。

奥右筆部屋の襖を開けて、御殿坊主がなかへ入ってきた。

「なにかあったかの」

書付に筆を入れていた入り口近くの奥右筆が、声をかけた。

「組頭さま」

用件の相手が、組頭であると言った御殿坊主が、独特の中腰、急ぎ足で音もたてず、近づいてきた。

「どうかいたしたか」

立花併右衛門、加藤仁左衛門《にざえもん》、二人の組頭が顔をあげた。

奥右筆は二百俵高でお四季施《しきせ》代という衣服補助が、年二十四両二分ついた。定員は、十三人で、勝手掛、仕置き掛、隠居家督掛など七つの部門に分けられていた。

組頭は定員二人で布衣《ほい》格、四百俵高、役料二百俵とお四季施代二十四両二分が支給された。殿中席次は勘定吟味《ぎんみ》役《やく》の下であったが、その権限ははるかに高く、若年寄をしのぐとまでいわれた。

幕府すべての公式文書にかかわることから、融通を願う者があとを絶たず、贈りもの、挨拶金《あいさつきん》など、本禄の数倍におよぶ余得があり、かなり裕福であった。

「御老中さまが、お呼びでございまする」

わざと名前を伏せて御殿坊主が言った。

併右衛門と加藤仁左衛門が顔をあわせた。普通ならば、老中の誰々が、組頭のどちらに用があると伝言される。それが匿名であるうえに、組頭の名指しもないとなれば、公用でないとのあらわれであった。

私用で老中とかかわるには覚悟が要《い》った。

奥右筆は任の性質上、不偏不党が原則であった。

誰か一人についたりすれば、どうしても書付《かきつけ》の順位や重要さに差が生じ、奥右筆全体の信用が低下することになりかねない。奥右筆の書いた書類に恣意《しい》が入れば、幕政の信義にもかかわる。そうなれば、奥右筆全員の首が飛ぶことになった。

権力者と親しくなり、その走狗《そうく》となることは、出世の早道であるが、一つまちがえば身の破滅であった。

「ご用件はわからぬかの」

加藤仁左衛門が問うた。

「あいにく、うかがっておりませぬ」

御殿坊主が首を振った。

「御老中さまは、奥右筆部屋を出た左角を曲がった入り側でお待ちにございまする。たしかにお伝え申しました」

返事も待たず、御殿坊主が去っていった。

「…………」

「……さて」

二人はふたたび顔を見あわせた。

同役とはいえ、併右衛門と加藤仁左衛門は、出世競争の相手でもあった。

奥右筆組頭は、無事に勤めあげると御広敷用人か御三卿家老などへ転じていく。うまくすれば、将軍の身の回りを世話する御小納戸《おこなんど》組頭へのぼることもできる。

将軍の目に毎日止まる御小納戸組頭になれれば、家格もあがり、家禄もかなり増える。それこそ千石取りも夢でなくなるのだ。

そのためには、いかに傷なく奥右筆組頭を勤め続けるかがたいせつであった。

うかつに一人の老中と親しくなり、その盛衰と身をともにするなど愚か以外のなにものでもなかった。

すっと加藤仁左衛門が、書付に目を落とした。

「…………」

併右衛門は嘆息した。

加藤仁左衛門は、併右衛門より六歳年若である。もともと二百石であった立花家よりも家格は高く、五百石を知行していた。奥右筆組頭となったのは、併右衛門より二年早く、そろそろ転出の噂が出てもおかしくなかった。

どこの役職でも同じであるが、年齢よりも経験年数が席次を決める。併右衛門の立場は、加藤仁左衛門へ多少の遠慮を示さねばならなかった。

「ちと行って参りまする」

重い腰を併右衛門はあげた。

「おおっ、お願いできまするか」

ねぎらいの言葉を加藤仁左衛門から贈られながら、併右衛門は奥右筆部屋を出た。

御用部屋に近い奥右筆部屋は江戸城表の奥にある。所用のない者が通ることは許されないため、人気《ひとけ》はほとんどない。

併右衛門は待たせた言いわけを考えながら、角を曲がった。

「これは、太田さま。お待たせを申しました」

入り側の片隅に立っている姿を認めて、併右衛門はあわてて駆けよった。

「おおっ、立花が来てくれたか。御用繁多のなか、呼び立ててすまぬ」

太田備中守が、ねぎらった。

併右衛門と太田備中守の間には、田沼意知《おきとも》殿中の一件を巡って暗闘があった。それを顔に出すようでは、老中など勤まるはずもない。太田備中守は、心底ほっとした表情を浮かべていた。

もっとも併右衛門は、何度となく襲い来た刺客の黒幕が太田備中守であるとは知らない。松平越中守定信から、詮索《せんさく》の禁止を言いわたされ、あれ以降田沼の一件からは完全に手を離していた。

「いえいえ」

首を振って、併右衛門は片膝《かたひざ》をついた。

「御用のほどは」

老中の呼びだしとはいえ、激務の奥右筆組頭である。のんびりと世間話をする余裕はなかった。

「うむ」

首肯した太田備中守が、周囲を見わたし、他人の姿がないことを確認した。

「敬之助君のお後のことじゃ」

「お後でございますか」

一瞬、併右衛門はなんのことかわからなかった。

「うむ。ご不幸なことであったが、敬之助君はお亡くなりになられた。敬之助君は、尾張公のご養子として御三家筆頭の主となられ、いずれ将軍家をもりたてていかれるはずであった」

太田備中守が話した。

「次の、尾張さまがお世継ぎでございまするか」

併右衛門も気づいた。

「うむ。上様もご悲嘆であるが、尾張公こそお力落としであろう。お二人をお慰めいたすには、あらたなご公子をもって、尾張の跡継ぎとなすにしかず」

「お言葉ではございまするが……」

奥右筆組頭をしているのだ。家斉の息子が何人で、今どのような状況にあるかは、併右衛門の頭に入っている。敬之助亡きいま、家斉の息子は嫡子である敏次郎《としじろう》と五男敦之助《あつのすけ》であった。

「敦之助君は、御台所《みだいどころ》さまのお腹。いかに御三家尾張とはいえ、ご養子へお出しするというわけには、ちと……」

敦之助は、正室茂姫《しげひめ》との間に生まれた子供である。血筋でいえば、もっとも正統となる。その正統な息子を養子に出すには、かなりの困難がともなった。しかるべき理由がなかった。

もともと正室との間に子供が生まれることが滅多《めった》にないのだ。

歴代の将軍で見ても、初代家康と築山殿《つきやまどの》の間に生まれた信康、二代将軍秀忠と正室お江与《えよ》の方との子である家光《いえみつ》、忠長《ただなが》の三人だけしかいない。

「前例から、おそらく敦之助さまは、将軍家弟君として、五十万石ほどの所領をもって別家されることになろうかと勘案つかまつりまする」

臨機応変でなければ生きていけなかった戦国ではないのだ。幕府は文官によって動かされるようになった。文官にとって金科玉条は前例、もしくは慣例である。あえてさからうことは、なにかあったときの責任を負うことになる。併右衛門はもちろんのこと、幕府の役人すべてが、責任を取る気などはもっていなかった。

「なんのため、儂《わし》がひそかに立花を呼んだと思うのだ」

不機嫌な口調で太田備中守が述べた。

「理由がないことくらい、儂でもわかる。それを探しだして欲しいのだ。なにも徳川幕府だけとはかぎらぬ。室町でも鎌倉でも、いっそ皇統でもよいのだ。正室との間にできた子供を養子に出した故事を見つけだせ」

「探すだけでよろしいのならば」

併右衛門は逃げ道を作った。

「奥右筆には、いかなることでございましょうとも、ご政道に口出しすることは禁じられておりまする」

奥右筆組頭まであがったのだ、併右衛門も一筋縄でいくほど甘くはなかった。

「わかっておる」

勢いのかわった併右衛門に、太田備中守が鼻白んだ。

「目立たぬようにいたさねばなりませぬゆえ、しばしときをちょうだいすることになりまする」

「なるべく急いでくれ。尾張の養子ともなれば、あちこちから我が子をと名のり出る者がやまほど出てくる」

「でございましょうな」

金のない大名にしてみれば、殿さまが乱造した息子たちの行く末ほど面倒なものはなかった。姫ならばまだいい。いざとなれば家臣に押しつけるか、借金のかたに大商人のもとへ嫁がせるかすればすむ。息子でも家臣の家へ養子にすることはできる。しかし、生母の実家の身分が高ければ、それもままならなかった。

とくに加賀《かが》の前田《まえだ》、薩摩《さつま》の島津《しまづ》、仙台《せんだい》の伊達《だて》など、石高も家格も高い家では、生まれた男子の押しつけ先を探すのが、江戸家老の仕事といっても差し支えないほど、やっかいごとになっていた。

「もっとも家督相続、養子願いも奥右筆部屋をとおさねばならぬ。そのあたり、ぬかりないようにな」

太田備中守は、尾張から養子願いが出ても握りつぶせと言った。

「もうよいぞ」

用件は終わったと太田備中守が手を振った。

「では、御免《ごめん》を」

片膝を突いた姿勢で、軽く頭をさげて、併右衛門は背を向けた。

「待て。立花」

太田備中守が止めた。

「なにも尾張公の養子となられるのは、敦之助君でなくともよろしいのだぞ」

聞かされた併右衛門は、かろうじて驚きの声を漏らさずにすんだ。

「…………」

「任せたぞ」

ゆっくりと太田備中守が去っていった。

「馬鹿な、上様のお子さまで、今おられるのは、敦之助君と……敏次郎君だけぞ」

押し殺した声で、併右衛門はつぶやいた。

敏次郎君とは、家斉とお楽《らく》の方の間にできた次男である。寛政五年（一七九三）生まれで、今年五歳になった。敏次郎が生まれて一ヵ月ほどで、家斉の長男竹千代《たけちよ》が亡くなったこともあって、わずか生後四ヵ月で若君と称され、世継ぎとなった。

「お世継ぎと決まった方を引きずり下ろして、尾張の養子だと」

併右衛門は、太田備中守の真意を悟った。

「敦之助君を世継ぎにする気か」

ことの大きさに、併右衛門は愕然《がくぜん》とした。

奥右筆部屋に戻った併右衛門へ、加藤仁左衛門は目も向けなかった。用件に興味を示すことは、押しつけた者が決してしてはならない禁忌である。

併右衛門が巻きこまれた一件に、加藤仁左衛門はかかわらない。

「…………」

無言の黙礼で、中座を詫《わ》びた併右衛門は、仕事に戻った。

手元の書付に目を落とすが、文字は併右衛門の目へ入ってくれなかった。

「これは……伝通院からの葬儀次第か」

口に出さねば、なんの書付かわからぬほど併右衛門は衝撃を受けていた。

「勘定衆の花押は……あるな」

一冊の本に近い書付をめくりながらも、併右衛門の頭のなかは太田備中守の話で一杯であった。

「よろしかろう」

書付の表紙に花押を入れ、併右衛門は御殿坊主へ渡した。

三

併右衛門にとって、長い一日がようやく終わった。

「お先でござる」

すでに加藤仁左衛門は帰宅していた。

「組頭さま、まだ……」

奥右筆たちが、組頭席で座ったままの併右衛門に声をかけた。

「ああ。いや、帰ろうか」

併右衛門は立ちあがった。

奥右筆の退席時刻は、勘定衆に次いで遅い。御用を終える決まりである七つ（午後四時ごろ）に、帰れることなどなかった。江戸城諸門の門限である暮れ六つ（午後六時ごろ）ごろまでかかるのが、通常であった。

「では、御免を」

桜田門《さくらだもん》を出たところで、配下たちと併右衛門は別れた。

併右衛門の屋敷は麻布《あざぶ》箪笥町《たんすまち》にある。桜田門を出て、福岡黒田《ふくおかくろだ》五十二万石の中屋敷を左に曲がって小半刻《こはんとき》（約三〇分）ほどかかる。

「待たせたか」

門から少し離れたところで、待っている衛悟へ併右衛門が声をかけた。

「いえ。さほどでは」

立花家の隣り、柊家の次男である衛悟は、併右衛門の用心棒であった。一ヵ月二分の給金と養子先の斡旋《あっせん》を条件に雇われていた。

武家の門限は暮れ六つと決められている。江戸城に近い桜田門外の人気はまばらであった。

「参ろうか」

「衛悟、最近はどうだ」

半歩前を行く衛悟に、併右衛門が問うた。

「あいかわらず、みょうな気配はついておりまする」

衛悟は答えた。

「襲ってきそうにはないか」

併右衛門が重ねて訊いた。

「殺気は感じませぬが、弓鉄砲となると、察知は難しゅうございまする」

なんどか飛び道具に狙われている。衛悟は、小さく首を振った。

剣や槍は、持っている人の延長である。持ち手が気を含めば、得物からも放出されるのだ。それが、殺意あるいは害意のとき、気配は殺気となり、鍛練を重ねた剣術遣いは、すぐに感じとる。

しかし、弓矢鉄砲は、ただのものでしかない。遠くから放たれるため、持ち手の気が伝わってこない。いわば雨と同じなのだ。

剣の名人柳生十兵衛三厳《やぎゅうじゅうべえみつよし》でさえ、父柳生宗矩《むねのり》の投げた石礫《いしつぶて》をかわしそこね、片眼を失っている。衛悟ごときでは、飛び道具を防ぐことなどできなかった。

「弓矢はまだよいのですが……鉄砲が」

弦を引き絞って撃つ弓矢は、音をたてやすい。弦から離れる音、矢が出す風切り音などで、こちらが気づくこともできた。

しかし、音がしたときには、届いている鉄砲はどうしようもなかった。

「儂の運もそこまでと思うしかないな。そのときは」

豪放なことを言いながらも、併右衛門は衛悟の背後に身を置いた。

小柄な併右衛門である。衛悟の後ろに回れば、まったく見えなくなった。

「衛悟、飯を喰《く》ったならば、悪いがもう一仕事頼めるか」

「なにをいたさばよろしいか」

警戒を緩めず、衛悟が問うた。

「使いを頼む。あとで手紙を書くゆえ、越中守さまの中屋敷まで、届けてくれ」

併右衛門が述べた。

「返事はもらわなくていい。そのまま自宅に帰ってくれてかまわぬ」

「承知」

衛悟は首肯した。

併右衛門の屋敷と衛悟の自邸は隣同士である。もともと二百石同士で親しく往来していた。衛悟の父が無役のまま終わったのに対し、書の腕を認められて表《おもて》右筆となった併右衛門は、出世を重ね、奥右筆組頭にまで上がった。禄も足し高とはいえ、四百石になり、柊家と立花家の格差は歴然となっていた。

「お戻りいいい」

先触れの中間《ちゆうげん》が、大声を張りあげた。役付の家ではどこでも見られる自慢の儀式である。

よく手入れされた門が、きしみ音一つたてず開いた。

「お帰りでございまする」

門番が、屋敷のなかへと伝え、使用人たちの出迎えをうながした。

「お帰りなさいませ」

玄関の式台に、併右衛門の一人娘瑞紀《みずき》が手をついた。

「うむ」

大刀を瑞紀に渡して、併右衛門が屋敷へと入った。

「衛悟さま、おいでなされませ」

大門の脇で後をつけてきている者の姿を探していた衛悟へ、瑞紀があがれと言った。

「お邪魔いたす」

衛悟は太刀を左手に持って、草鞋《わらじ》を脱いだ。

他人の家で太刀を左手にするのは礼儀に反していた。しかし、併右衛門は、忍《しのび》に襲われたことがある。わずか太刀を右から左に持ちかえる手間が、取り返しのつかないこととなりえた。併右衛門と夕餉《ゆうげ》をともにするときも、衛悟は左に太刀を置いたままである。あえて礼儀を無視して、実利を取っていた。もちろん、併右衛門の許しは得てあった。

「座れ」

一人で着替えを終わった併右衛門は、筆を手にしていた。

「お仕事でございまするか」

二人分の膳を用意した瑞紀が、併右衛門を見て述べた。

奥右筆の仕事は、書類の確認だけではない。御用部屋、はては将軍の手元へ出される書付を預かっているのだ。それが妥当なものかどうかを確認する必要があった。とても城中だけで間に合うわけもなく、ほとんどの奥右筆が帰宅してから深更《しんこう》まで、机に向かっていた。

「うむ」

小さくうなずいた併右衛門は、衛悟に顔を向けた。

「遠慮せず、先に喰え。木戸が閉まっては手間じゃ」

江戸の町内は木戸で区切られていた。暮れ四つ（午後十時ごろ）を過ぎると、安全のため木戸が閉じられる。通行できなくなるわけではないが、いちいち木戸番を起こして潜《くぐ》りを開けてもらわなければならなくなる。

「はっ。では、ちょうだいつかまつる」

目の前に置かれた膳へ、衛悟は引きつけられた。

「鯉《こい》ではござらぬか」

衛悟が、湯気をあげている鯉の味噌煮に箸《はし》をつけた。

「中間の安吉《やすきち》が、三日前に大川で釣ってまいったものでございまする」

ほこらしげに瑞紀が告げた。

「これは、うまい」

舌鼓《したつづみ》をうちながら、衛悟は飯を頰《ほお》ばった。

剣術遣いは異様なほど米の飯を喰う。それこそ与えておけば、一度に五合ぐらいは平気で食べた。

立花家も柊家も知行所《ちぎょうしょ》を持っていない。禄は、年に三回浅草《あさくさ》の米蔵から受けとってくるのだ。受けとった米のほとんどは札差《ふださし》をつうじて売却し、金に換えるが、自家で消費するぶんはそのまま屋敷に保管していた。

お玉落としと呼ばれる禄米支給直前ともなると、保管していた米に虫がわいたり、かび臭くなったりと、味が落ちるが、衛悟はまったく気にしなかった。

「よし。これをな」

書きあげた手紙をていねいに封緘《ふうかん》して、併右衛門は衛悟へ手渡した。

「たしかに。お預かりいたしました」

食事の手を止めて、衛悟は手紙を懐にしまった。

いつもよりおかわりを少なくして、夕餉をきりあげた衛悟は、立花家を辞去した。

「白河さまの中屋敷は、市ヶ谷だったな」

麻布箪笥町から市ヶ谷までは、江戸城を挟んでほとんど反対側になる。刻限は暮れ五つ（午後八時ごろ）をすぎ、江戸城の諸門はすでに閉じられていた。

衛悟は外堀を巡るように、急ぎ足で進んだ。

常盤橋御門《ときわばしごもん》前をこえ、鎌倉河岸《かまくらがし》まできたところで、衛悟は足を止めた。

「誰だ」

堀際《ほりぎわ》に並んでいる柳の一本へ、衛悟は誰何《すいか》した。

「ひさしぶりだな」

とうてい人が隠れられるはずのない、柳の幹陰から、男が現れた。

「きさま……」

相手を月明かりにすかした衛悟が絶句した。

待っていたのは冥府防人《めいふさきもり》であった。

冥府防人と衛悟は、過去何度か刃《やいば》を交えていた。今思いだしても、よく生きていられるなと思うほど、冥府防人と衛悟の間には大きな差があった。

衛悟は二間（約三・六メートル）間合いを開けると、太刀の柄《つか》に右手を置いた。

「そう尖《とが》るな」

殺気を放つ衛悟へ、冥府防人が笑った。

「今宵《こよい》は刀の話ではない」

冥府防人が、両手を肘《ひじ》の所で曲げ、掌《てのひら》を上にした。

「では、なんの用だ」

警戒を解かず、衛悟は尋問した。

「懐に入っている書状をな、届けるつもりか」

「あたりまえだ」

衛悟は冥府防人が、手紙を知っていることに疑問を感じなかった。それくらいのことはしてのけると思いしらされていた。

「あいかわらず、使い走りのままか」

冥府防人が嘲笑《ちょうしょう》した。

「少しは考えて動かぬと、きさまだけでなく、奥右筆組頭にも、娘にもろくなことはないぞ」

「……どういうことだ」

低い声で衛悟は質問した。

「訊けばなんでも教えてもらえると思うところが甘いわ。剣を振っていればいいだけの存在で満足しているから、養子の先も見つからぬ。少しは己《おのれ》の考えで動け」

すっと冥府防人の姿が、柳の陰へと吸いこまれた。

「待て」

あわてて衛悟は追ったが、二間開けた間合いが災いした。

「ばけものか」

周囲を見わたしても、衛悟には冥府防人の影さえ見つけられなかった。

「なにが書かれているというのだ」

衛悟は、懐の手紙を押さえた。


朝ほど奥右筆部屋が多忙を極めるときはない。

「勘定衆勝手方よりの書付は、どこへやった」

「ご坊主衆、墨を」

筆の走る音だけで任が果たせるはずの、奥右筆部屋に怒号が飛びかっていた。

「組頭さま。姫路《ひめじ》侯より城郭修復願いが出ております。これは普請《ふしん》奉行の添え書きをつけて大目付《おおめつけ》さまに出すのでございましたか」

新任したばかりの奥右筆が、併右衛門へ問うた。

「そうじゃ。譜代であろうが外様であろうが、城郭の修復にかんしては、妥当かどうか普請奉行の判断をつける。これが決まりぞ」

併右衛門は、書付から目を離さずに告げた。

「はっ。心しておきまする」

奥右筆に選ばれるほどである。優秀でなければ勤まらなかった。同じことを二度問うては、一日たりとて、この部屋にいることは許されなかった。

「急ぎの書付と勘定奉行さまより」

御殿坊主が、近づいてきた。

「順を飛ばすことはできぬ」

きっぱりと加藤仁左衛門が拒絶した。

「ですが……」

勘定奉行は幕府すべての金をあつかっている。金を握る者が強いのはいつの時代でも変わらない。御殿坊主はあきらめなかった。

「ならば、御老中さまのものより優先することになるが、よろしいのか」

加藤仁左衛門が、言った。

「それは……」

御殿坊主が口ごもった。

老中と勘定奉行では、格が違った。老中の機嫌一つで勘定奉行の首などあっさり吹っ飛ぶのだ。

「さりとて、御坊主どのの顔もあろう。最優先とは参らぬが、できるだけ早くいたすゆえ、それで了となされよ」

併右衛門が御殿坊主へ救いの手を出した。

「助かりまする」

喜んだ御殿坊主が、併右衛門へ書付を渡した。

「お預かりいたした」

ちらと書付へ目をやった併右衛門は、すぐに仕事に戻った。

「よろしいか」

小半刻（約三〇分）も経たないうちに、ふたたび御殿坊主が話しかけてきた。

「何用じゃ」

さすがの併右衛門も尖った声で応じた。

「いや、立花さまを呼べと……」

恩に着せられたばかりである、御殿坊主の口調は弱かった。

「どなたぞ」

併右衛門は書付から目を上げずに問うた。

「白河侯でございまする」

御殿坊主が、松平定信であると答えた。

「越中守さまがか」

併右衛門は待っていた呼びだしにもかかわらず、怪訝《けげん》な顔を見せた。

「はい」

「加藤どの……」

隣席に併右衛門は声をかけた。

「越中守さまとなれば、無下にもできませぬな。どうぞ」

加藤仁左衛門が首肯した。

「どこでお待ちだ」

筆を置いて併右衛門は訊いた。

「出たところで」

「それは、いかぬ」

あわてて併右衛門は立ちあがった。

外からなかをうかがうことができないように、奥右筆部屋の襖は分厚くなっていた。

併右衛門は後ろ手に襖を閉じると、待っていた越中守へと近づいた。

「遅れましてございまする」

「いや、御用中である。気にいたすな」

手を振って松平定信が歩きはじめた。黙って併右衛門は後についた。

「書状は読んだ」

松平定信が言った。

「詳細を申せ」

歩きながら松平定信が命じた。

すでに老中筆頭を退いたとはいえ、松平定信の影響力は依然として大きい。城中で誰かと立ち話をしているだけで聞き耳を立てる輩《やから》が山ほどいた。

足を止めず、動きながら会話することで、松平定信は話の機密を保つつもりのようであった。

「はっ」

併右衛門は、半歩松平定信に近づいて、昨日からの話を告げた。

「なんだと」

松平定信の足が止まった。

「越中守さま」

背中にぶつかりそうになった併右衛門は、あわててたたらを踏んだ。

「すまぬ。しかし、それは真《まこと》のことなのだな」

「誓って」

併右衛門は首肯した。

松平定信が驚いたのは、尾張の跡継ぎのことではなかった。まだ敬之助が死んで半月にもならないが、その手の話は殿中を飛びかっていた。

「敏次郎君を廃嫡させる気か。驕慢《きょうまん》にもほどがあるぞ、備中め」

ふたたび歩きだしながら、松平定信が憤懣《ふんまん》を露《あら》わにした。

「どうぞ、お平らに。目をひきまする」

小声で併右衛門は、落ちつくようにと諭《さと》した。

「うむ。儂が取り乱してはいかぬな」

しばらく松平定信は黙って廊下を進んだ。

「敏次郎君を除けて、敦之助君を世継ぎとする気か。馬鹿な、将軍に薩摩の血が入るなどあってはならぬことぞ」

松平定信が首を振った。

「なにより先例がない」

大名では、嫡男が廃され、他の者に相続させることもめずらしくはなかった。しかし、将軍家では過去に例がなかった。

「それが……」

「あるというか。馬鹿を申せ」

おずおずと口出しした併右衛門を、松平定信が叱《しか》った。

「廃嫡の記録ではございませぬが、長幼を変えたことは……」

「越前松平か」

すぐに松平定信が気づいた。

「しかしあれは前例になるまい。福井松平の初代、神君家康公のご次男秀康どのは、豊臣へ、さらに結城へと養子に出ておられる。姓が変わったゆえ、徳川宗家の相続からはずされたのは当然であろう」

「越中守さま、それも前例たるのでございまする」

併右衛門は首を振った。

「敏次郎君が、一度松平の称を与えられたことをお忘れか」

奥右筆のもとにはあらゆる幕政にかかわる書付が回ってくる。組頭には、そのすべてに目をとおすことのほかに、記憶しておくという技能も求められた。

今では世継ぎであるが、生まれたばかりのときには、敏次郎の兄竹千代が健在であった。徳川家代々の幼名を与えられていることからもわかるように、当時竹千代が世継ぎであった。当然敏次郎は、将来将軍を継いだ兄竹千代の家臣となる。そこで敏次郎には松平の名字がつけられた。

「いわば、一度臣下の籍に降りられたことになっておりまする」

併右衛門は告げた。

「だが、今はお世継ぎぞ」

「前例たりえまする」

松平定信の抗弁を、併右衛門は封じた。

「まさか、敦之助君を養子に出すより、敏次郎君を……」

「はい。将軍家と御台所さまの間にお生まれになった若君で、養子となられた例はございませぬ」

併右衛門は答えた。

「まずい。まずいぞ」

越中守が手にしていた白扇を小刻みに振った。

「島津の血を引くお方を将軍となしては、薩摩に咎《とが》を与えることができぬではないか。薩摩が外戚となってみよ、なにかをしでかしたとしても、表沙汰《おもてざた》にできぬ。正室が薩摩の出となっただけで、抜け荷を見て見ぬ振りしておるのだ。敦之助君が十二代となられてみよ、どこまで薩摩がのさばるか知れたものではない」

苦い顔でさらに定信が続けた。

「なにより困るのは、これが前例となることだ。将軍に血を入れれば、なにをしても許されるとなってみよ、前田も伊達も毛利《もうり》も抜け荷どころか、堂々と南蛮の船を領内へ入れかねぬ。交易で生みだされるのが金だけならまだいい。幕府も持っていないような新式の鉄砲や大筒を手に入れることもできる。金と武器、持てば使いたくなるのが人の愚かさ。世はたちまち戦国の昔に逆戻りすることになりかねぬ」

「しかし、敦之助君こそ正統との理《ことわり》はたしかでございましょう」

併右衛門は、口を挟《はさ》んだ。

「なればこそまずいと申したのだ」

いらだたしげに、定信が白扇で掌を叩いた。

「敬之助君がお亡くなりになったいま、男子は敏次郎君と敦之助君だけ。もし敏次郎君を尾張公のご養子にとなれば、お世継ぎとなるは敦之助君」

将軍と正室のあいだにできた子供である。世継ぎとなるになんの問題もなかった。

「信長公の例もございまする」

織田信長の名前を併右衛門は口にした。織田信長はその幼名が三郎であったことからもわかるように、織田信秀《のぶひで》の三男であった。しかし、母が正室土田《どた》氏であったことから、兄二人を差しおいて織田家の世継ぎとなった。これは長幼よりも血筋に重きをおくべきであるとの前例となっていた。

「もはや戦国ではないのだぞ。政略による婚姻《こんいん》が国の盛衰を決めた時代ではないのだ。この国に幕府へたてつくだけの気概を持つ大名はおらず、また、国を閉じたことで南蛮の侵略もありえぬ。百年、いや千年の泰平が続くのだ。泰平の世なればこそ秩序が必要。長幼は血筋よりも重要でなくばならぬ」

松平定信が熱弁を振るった。

幕府開闢《かいびゃく》以来、この手の問題がおこらなかったのは、ただひとえに正室に子供ができなかったからである。唯一できたのが二代将軍秀忠とお江与の方だけだった。もっとも生まれた子供二人の間に、将軍位を巡っての争闘が起こり、三男駿河《するが》大納言《だいなごん》忠長は所領を奪われ、切腹させられるという悲劇の運命をたどっている。

「立花」

足を止めずに松平定信が呼んだ。

「太田備中守の後ろになにがあるのかを探れ。いや、誰がいるのかをあぶり出せ」

「はっ。やるだけはやってみまするが……」

探索は得手ではないと併右衛門は逃げ道を作った。

「やり遂げて見せよ。さもなくば、飛ばすぞ」

松平定信が脅《おど》した。

幕政の闇を十二分に知った併右衛門である。敵である一橋治済だけでなく、味方であるはずの松平定信からも煙たがられていた。江戸なればこそ無事に生きていられるのだ、遠く離れた長崎や飛驒《ひだ》へ転任させられれば、命の保証はなかった。

「ことが御用部屋で審議されるまでに潰さねばならぬ。急げよ」

立ちすくむ併右衛門を残して、松平定信が早足で消えていった。

四

免許皆伝の儀式は二つに分かれていた。正装して道場で師から免許状を受ける表の儀式と流派に伝わる秘太刀、奥伝の類《たぐい》を教わる裏である。

慶事は午前中にとの慣習にしたがい、裃姿で免状を受けとった衛悟は、相弟子たちの祝福を受け、一度帰宅した。

裏の儀式は、道場での稽古が終わる昼八つ（午後二時ごろ）過ぎからであった。

「いってなさいませ。今宵はお祝いの用意をいたしておきまする」

昼食も立花家で馳走《ちそう》になった衛悟は、瑞紀に見送られて道場へと向かった。

道場では、大久保典膳と上田聖が待っていた。

「来たか。よし、無双窓をすべて閉じよ。上田、見張りをな」

「はっ」

外からのぞかれることのないようにと、大久保典膳が指示した。

「座れ」

上座に大久保典膳が腰をおろし、衛悟をうながした。

「よくぞここまできた。衛悟、おぬしは技にこだわりすぎ、心がついていなかった。ゆえに聖より遅れをとることとなった。しかし、このときは無駄にならなかった」

大久保典膳が衛悟の顔を見た。

「やむをえぬとはいえ、人を斬ったことが、おぬしを育てた」

「…………」

衛悟は返答できなかった。

「人を斬る。剣士として避けて通れぬ道である。しかし、人として考えれば、ありえぬことこそ幸いなのだ。よいか、剣士たる者は、ただの人としての生きかたを許されぬ。肉を切り、骨を割った手応えを知ったとき、命を奪ったとわかったとき、剣士は地獄の道を歩むことになる」

「地獄の道」

ただ言葉だけを衛悟はくりかえした。それほど大久保典膳の話は衝撃であった。

「だが、地獄の道といえども踏み外さねば救われる。しかし、斬ることに耽溺《たんでき》したとき、剣士は人でなくなるのだ」

「人でなくばなんになるのでございましょう」

「鬼よ。神でも仏でもない。鬼」

冷たく大久保典膳が言った。

「……鬼」

「そうじゃ。人の道をはずれた者の末路は鬼しかない。剣を使うのではない。剣に操られ、ただ人の命を奪うことだけに生きる」

大久保典膳が小さく首を振った。

「衛悟」

じっと大久保典膳が衛悟の目を見つめた。

「儂は剣術を生業《なりわい》としている。弟子たちに竹刀の持ちかたを教え、振りまわすことを重ねさせることでいくばくかの金をもらい、露命を繋《つな》いでいる。店先で野菜を売る商売人と何一つ変わらぬ。その儂が言えた義理ではないが……」

大久保典膳が大きく息を吸った。

「師と仰いでくれるならば、一つだけ許しを請う」

「なんでございましょう」

真剣な顔の大久保典膳へ、衛悟は尋ねた。

「きさまが鬼となったとき、儂が斬る」

すさまじい気迫が、衛悟を襲った。

「くっ……」

かろうじて衛悟は、耐えた。

「技に溺《おぼ》れるな。衛悟」

「お言葉肝に銘じまする」

衛悟は平伏した。

「うむ。ならば、免許皆伝の儀式を始める」

大久保典膳が道場の上座、鹿島《かしま》大明神の掛け軸へ平伏した。

「…………」

衛悟と、立ちあいの上田聖もならった。

「足は冬夜に降りる霜の如《ごと》く、柄に置きたる手は枝に積もる雪の如く。機満ちたるは、雷鳴の如く」

静かに大久保典膳が語った。

「迷うことなき決意をもち、破邪《はじゃ》の剣を振るえ」

大久保典膳が向きなおった。

「では、涼天覚清流裏表八太刀を伝える」

木刀を手にして大久保典膳が立ちあがった。

顔に当たる剣風を感じながら、衛悟は大久保典膳が演じる型を食い入るように見入った。


品川《しながわ》の宿場に近い伊丹屋《いたみや》の寮へ、黒塗りの駕籠《かご》がつけられた。漆《うるし》塗《ぬ》りの高級な駕籠には、紋もなにも入れられず、持ち主が誰かわからないようになっていた。

「お出《い》でなさいませ」

寮の格子戸が静かに引き開けられた。

「うむ」

駕籠から降りてきたのは、顔を頭巾《ずきん》で覆《おお》った一橋治済であった。

「絹《きぬ》、伊丹屋は来ておらぬな」

「はい。ここ数日は、毎日のように御前さまのお出でを待っておりましたが、本日はお見えではございませぬ」

問われた絹が答えた。

「そうか。うるさくてかなわぬわ」

奥の部屋へ落ちついた治済が頭巾をはずした。

「まだか、まだかと。娘に子ができぬことを、とがめよる」

伊丹屋の娘は、治済の側室であった。

「ご悲願でございますれば」

絹が、治済の着替えを用意した。

「先祖が戦国武将であったといったところで、今はただの回船問屋ではないか。それも大名など歯牙《しが》にかけぬほどの金をもった、な。どこに不満があるというのだ」

治済が身につけていたものをすべて脱いだ。下帯さえもはずした。

「お金がございましょうとも、身分の壁はこえられませぬゆえ」

ほほえみながら絹が、白絹の寝間着を治済へ着せかけた。

大名と商人では格が違いすぎた。どれほど金を貸していても、商人は下座で平伏しなければならなかった。

「大名などなにがありがたいかの。武家諸法度という名前の規則と、殿中儀礼礼法に両手両足を縛られ、自ままなど許されぬ。小便すら一人でさせてもらえぬ」

治済が嘆息した。

「ご身分についてまわる錘《おもり》でございまする」

「錘か。なるほどな。絹はおもしろいことを言う」

座った治済が、絹を引き寄せた。

「まだ、お召しものの片付けが……」

小さく絹があらがって見せた。

「かまわぬ」

治済が、絹にのしかかった。

「ご、ご無礼を」

荒い息を抑えながら、絹が治済の股間へ綿をあてた。

「……絹」

「なにか」

ていねいに拭いながら、絹が訊いた。

「そなたの兄を呼べ」

「はい」

おのれの後始末もせずに、絹は玄関へ出ると、提灯《ちょうちん》を振った。

「お呼びで」

すぐに冥府防人が天井裏から現れた。

「どうじゃ」

前をはだけたまま、治済が問うた。

「太田備中守さまが、奥右筆組頭立花併右衛門へ、廃嫡の前例を見つけだすように命じましてございまする」

冥府防人は、江戸城中に忍んで併右衛門と太田備中守の会話を盗み聞きしていた。もと甲賀組《こうがぐみ》組頭望月《もちづき》家の嫡男にとって、江戸城は我が家の庭と変わらなかった。

「備中も必死じゃの」

治済が笑った。

「幕府の中枢に君臨されたいとお考えのようで」

冥府防人が述べた。

太田備中守はかの太田道灌《どうかん》の子孫であった。太田道灌は関東管領扇《おうぎ》ガ谷上杉《やつうえすぎ》家の家老として、戦国を駆けた武将である。山内上杉《やまのうちうえすぎ》家や、小田原北条《おだわらほうじょう》家に押されつつあった主家を支え、東奔西走したが、手柄を妬《ねた》まれて謀殺された。その太田道灌の居城は、江戸であった。太田備中守は先祖の土地を取り返したがっていた。

しかし、江戸城の主《あるじ》は、天下の主徳川家である。いかに太田家が大名とはいえ、江戸城を攻めるなど蟷螂《とうろう》の斧《おの》どころの騒ぎではなかった。反抗の意思を見せた翌日には、太田備中守の首は身体《からだ》から離れ、十日経たないうちに居城は数万の兵で囲まれることとなる。

また、いかに功をあげたところで江戸城を与えられることはありえない。そこで太田備中守は老中首座となることを望んだ。

江戸城は徳川家のものであるが、戦国から百年以上経って、すでに将軍はただのお飾りとなりさがっている。

事実、十代将軍家治などは、すべて田沼意次の言いなりで、なにをいわれても「そうせい」としか答えなかったため、そうせい公などと呼ばれていたほどである。

幕閣最高の地位である老中首座こそ、江戸城のすべてを支配できる、実質の主といってもまちがいではなかった。

「老中にしてやっただけで、満足しておればいいものを」

治済が、面倒くさそうにつぶやいた。

「田沼を除ける手伝いの褒美《ほうび》として、引きあげてやったのだ。もともと老中になれる家柄でも、能もなかった」

冷たく治済は吐きすてた。

「…………」

冥府防人は沈黙した。

「ふっ。まだ重いか」

さげすむように治済が、冥府防人へ言った。

「主筋殺しは、子々孫々まで消えぬな」

「はっ……」

畳《たたみ》に額《ひたい》を押しつけるようにして、冥府防人が平伏した。冥府防人は、田沼意次の命で家治の嫡男家基を暗殺していた。

「一度ならず二度も主筋を殺しておきながら……。敬之助に盛った薬は、まさに妙薬だったぞ」

治済が、小さく笑った。

「飲ませてから半年経って効いてくる毒など、誰もあるとは思わぬ。甲賀の薬は世にも怖ろしい」

敬之助は、昨年九月山王神社へ参拝した帰り、家斉とともに一橋館へ立ちよっていた。

「毒入りまんじゅうとも知らずにうまそうに喰っていたぞ。敬之助は」

孫の命まで、治済は奪っていた。

「なにとぞ」

消えいりそうな声で、冥府防人が願った。

「それ以上言うてくれるなか。ふふふふ」

冥府防人の気持ちを見抜きながら、治済は続けた。

「たとえ孫といえども、余が将軍となるに障害となるなら、除ける。家斉の血筋は残してやらぬ。子がおるかぎり、余に回ってこぬ。将軍の座は」

氷のような声で治済が述べた。

「生まれたのが遅いだけで、なぜ能力のある者が、継承からはずされねばならぬのだ。余はずっと不満であった」

絹が用意した盃《さかずき》へ、治済が手を伸ばした。

「我が父を押しのけて九代将軍となったのは、あの家重ぞ。まともにものも言えぬ、政を見るどころか、毎日毎日鳥の絵を描くしか能のなかったあやつが、長男というだけで、将軍を譲られた。あの無能のおかげで、幕政はふたたび家臣どもの手に落ちた」

治済の憎しみはそこにあった。

七代将軍家継《いえつぐ》が危篤《きとく》となったとき、跡継ぎはいなかった。

幕府は将軍があって初めてなりたつものである。それこそ老齢であろうが幼子《おさなご》であろうが、名目が将軍であれば、なんでもいい。将軍の空位は幕府の存在を否定することになる。となれば、老中でござい、若年寄でござるといばったところで、玉のない鉄砲である。子供を脅すことさえできないのだ。

家継の死が迫ったとき、老中たちは大慌《おおあわ》てで、将軍をさがした。そして紀州《きしゅう》藩主であった吉宗に白羽の矢を立てた。

当初吉宗は将軍となることを固辞した。

老中たちは焦《あせ》った。もう他の人物に交渉するだけの余地も時間もなかった。幕府の崩壊、そのことが、切れ者であるはずの老中たちから冷静さを奪った。

吉宗の逡巡《しゅんじゅん》が罠であることに気づいたときは、遅かった。老中たちはすべて吉宗の意向にしたがうとの誓書を差しださざるをえなくなっていた。

こうして吉宗は、老中たちの手に落ちていた幕政を取りもどし、直接政をおこない、破綻しかかっていた徳川家をたてなおした。

その将軍独裁は吉宗の死をもって潰《つい》えた。跡を継いだ家重が、幼時の熱病によって言語不明瞭となっていたからである。

老齢を感じた吉宗が、将軍位を譲ると言いだしたとき、皆次の将軍は吉宗の次男宗《むね》武《たけ》だと疑わなかった。宗武は吉宗に似て体軀《たいく》も大きく、武芸学問を好む人物だった。

しかし、吉宗はなぜか長幼にこだわった。

吉宗は家重に将軍を譲り、他の息子宗武、宗尹《むねただ》を別家させた。

「麒麟《きりん》も老いては駄馬に劣るというが、吉宗さまもそうであったのだろうな。家重などに後を任せず、宗武か、我が父へ譲っていれば、幕政はまだ将軍の手にあった。さすれば田沼ごとき小者に政を壟断《ろうだん》されることもなく、幕府の蔵に金はうなっていたはずだ」

治済が断じた。

田沼家は、もともと紀州藩の足軽であった。吉宗について紀州から江戸へ出てきた。

分家出身の将軍と、旗本から侮《あなど》られていた吉宗にとって、紀州出身の家臣は安心できる者であった。足軽であった田沼家も累進、意次の父は小納戸役という将軍家の身の回りを世話する役職にまで出世した。

やがて十代将軍家治の目に止まった意次は、深い寵愛《ちょうあい》を受け、出世の階段をかけあがり、大名へ、そして老中筆頭となった。

家治の信頼をよいことに幕政を壟断した意次は、下総の国印旛沼《いんばぬま》の開拓に手を出した。いままで何度も失敗した事業へ、意次は幕府が落とす金目当ての商人たちにそそのかされた形で着手し、失敗した。

吉宗があらゆる手を使ってたくわえた幕府の準備金は底をつき、新たな借財まで背負いこむ結果だけが残った。

「この国を統《す》べる幕府に、いや徳川に、金がないなど論外ではないか」

「…………」

政の話などをされても、一介の忍でしかない冥府防人には返答のしようがなかった。

「余に、余に任せれば、幕府はかつての輝きを取りもどす」

自信ありげに治済が宣した。

「薩摩や加賀など、外様の分際で御三家御三卿より禄高の高い連中など取り潰してしまえばいい。あれらすべてを天領にすれば、幕府の財政は一気に好転する。薩摩が独占している琉球《りゅうきゅう》交易も手に入れればいいのだ。国を閉ざす必要はある。きりしたんの教えなどが入ってきては困るからの」

滔々《とうとう》と治済は、夢を語った。

「いや、役たたずの譜代、旗本たちもおおいに粛清《しゅくせい》すべきじゃ。戦《いくさ》のない今、無用な輩を養う必要はない。さからうだけの気力のある者などおらぬわ」

治済は酔った。

「御前……」

絹が気遣いの声を漏らした。

「あ、ああ」

熱に浮かされていた治済が、我に返った。

「そなたらに聞かせても無駄なことだったな」

「おそれいりまする」

「……」

ていねいに絹が平伏し、冥府防人は無言で頭をさげた。

「防人よ、尾張の跡継ぎを出したがっている連中に目処《めど》はついたか」

落ちついた治済が質問した。

「老中や側用人へ、音物を届けたのは、島津、伊達、越前、そして紀州でございます
る」

冥府防人が報告した。

「ほう、紀州も出てきたか」

治済が、目を少しだけ大きく開いた。

紀州家は御三家でありながら、本家に血筋を戻した家柄として、幕府でも重きをなしていた。

「本家だけでなく、分家筆頭である尾張をも我がものとするか」

下卑た笑いを治済は浮かべた。

「我が一橋とおなじことをする気か」

一橋家は、将軍を出した以外に、御三卿筆頭であった田安家へも養子を出していた。

「考えたの」

治済は感嘆した。

「紀州は前例を持っている。将軍に跡継ぎがいなかったとき、当主を本家へ返したという前例がな。そこで尾張にまで血筋を入れておけば、御三家は乗っ取ったも同然。もともと水戸《みと》は、御三家では格下。なにより紀州と同母から出た弟だからな。万一のときの将軍継承でも、紀州より先に出すことはできぬ」

御三家といわれながら、水戸はいつも一段低かった。禄高も尾張、紀州に比べれば半分ほどしかなく、当主の官位も二段下になる。

「島津は、御台所を出したことでつけあがっておるようじゃな」

絹の手を引いて、治済が抱きよせた。

「女の乳ならば、二つある」

治済が、絹の胸乳《むなち》を同時に摑《つか》んだ。

「しかし、養子の口は一つしかない。豊かな稔《みの》りを手にできるのは一人だけ」

「ご、御前さま……」

絹の呼吸が荒くなった。

「防人」

「はっ」

妹の痴態にも冥府防人は顔色一つ変えなかった。

「馬鹿どもをよく見張れ。強引にことを進めようとするならば……」

強く絹の乳を治済が摑んだ。

「あっ」

絹の眉《まゆ》が苦痛にゆがんだ。

「灸《きゅう》をすえてやるがいい」

「承知つかまつりましてございまする」

受けた冥府防人の姿が、消えた。

第二章　枝葉の役

一

奥右筆《おくゆうひつ》の手をとおらない書付《かきつけ》が、幕府にも例外として存在していた。

遠国《おんごく》で任に就いている役人たちからの報告であった。

「駿府《すんぷ》城代からの急報だと」

御用部屋で書状を受けとった太田備中守《びっちゅうのかみ》は、厳重な封緘《ふうかん》を解いた。

「……これは……まさか」

読んだ太田備中守が絶句した。

「どうかなされましたか」

太田備中守へ書状を渡した御用部屋坊主が問うた。

「ただちにご一同に参集を願え。その後、執政以外は部屋を出よ。呼ぶまでなにがあっても、入ることは許さぬ」

血相を変えた太田備中守に、御用部屋坊主があわてた。

「なにごとでござるかの」

呼ばれた老中たちが、怪訝《けげん》な顔で集まってきた。

「とにかく、これをご覧あれ」

太田備中守が書状を手渡した。

「なんと」

受けとった老中たちの顔色が失われた。

「神君家康さまの、お書付が新たに見つかっただと」

「どういたすべきか」

「前例など聞いたこともござらぬ」

家康の死後すでに百八十年が経っていた。老中たちは、どう対応すべきかの指針さえ思いつかなかった。

「なぜに今ごろ……」

御用部屋は、重い沈黙に閉ざされた。

尾張《おわり》藩付け家老成瀬《なるせ》家の上屋敷は、四谷御門《よつやごもん》内にあった。

「死なれたのは痛いな」

御殿奥の書院で、成瀬民部少輔正典《みんぶしょうゆうまさのり》が、口を開いた。

「まさに」

返答したのは、やはり尾張家付け家老竹腰山城守睦群《たけのこしやましろのかみむつむら》である。

昨年病気療養を口実として、尾張へ帰国した竹腰山城守は、幕府に無届けで出府していた。

「藩主に将軍の血筋を迎えることで、幕府に恩を売り、我ら付け家老を譜代大名の列へ復帰させるとの望みは潰《つい》えた」

大きく成瀬民部少輔が息をついた。

付け家老とは、御三家の老臣のことである。

尾張の成瀬、竹腰、紀州の安藤《あんどう》、水野《みずの》、水戸の中山《なかやま》が付け家老と呼ばれていた。

どの家も徳川家康子飼いの武将を始祖とする三河《みかわ》以来の名門であった。

先祖たちは、息子たちの傅役《もりやく》として、家康によって選ばれ、そのまま御三家の成立を受けて付け家老となったのである。

「子々孫々、疎略に扱わぬ」

家康の直臣から、いわば陪臣《ばいしん》の地位へと落ちることになる。皆一様に付け家老への就任を拒んだ。それを家康は譜代の格を与え続けると約束して、無理強《じ》いした。

しかし、家康の約束は三代持たなかった。

付け家老は殿中に与えられていた詰めの間も奪われ、譜代としての扱いもなくなった。

「約束が違う」

言ったところで、すでに後の祭りであった。もともと家康の口約束で、しっかりとした書付があるわけでもないのだ。

付け家老たちは、苦い思いを隠しながら、代を重ねていた。

とくに不満を持っていたのが、尾張の成瀬、紀州の安藤であった。ともに家康の老中として駿府で政《まつりごと》を担当していたのだ。

「江戸の老職を差しおく」

成瀬隼人正正成《はやとのかみまさなり》、安藤帯刀直次《たてわきなおつぐ》の二人は、二代将軍秀忠の選んだ幕府老中たちの決定を覆《くつがえ》すほど、大きな力を持っていた。

「本来ならば、我らこそ幕府老職を輩出する家柄ぞ」

神君と讃《たた》えられた家康の末期まで仕えた名門譜代の誇りは、高かった。しかし、家光の時代をこえると、付け家老は譜代大名より一段低い地位へ落とされ、参勤交代の義務を免じられた代わりに、幕政への参画の機会も失われた。

「なんとか譜代としての扱いを回復せねば」

御三家の確執をこえて、付け家老たちは手を組み、長年幕府へ家格復帰を願いでていたが、果たされていなかった。

付け家老の鬱憤《うっぷん》はもはや限界まで来ていた。

「神君のお約束はどうなったのだ」

成瀬民部少輔は、不満をあらわにした。

「どういたしましょうぞ」

竹腰山城守が問うた。

成瀬家と竹腰家では、同じ付け家老でも立場が違った。

母お亀《かめ》の方が家康の寵愛《ちょうあい》を受け、尾張徳川初代義直《よしなお》を産んだことで、竹腰家初代正《まさ》信《のぶ》は旗本として召しだされた。その後、尾張家の身内として付け家老となった。

事情のまったく違う竹腰家が成瀬家と組んでいるのは理由があった。竹腰山城守睦群は、尾張徳川八代宗勝《むねかつ》の孫にあたっていた。

跡継ぎがなかった竹腰家五代正武《まさたけ》の願いで宗勝の九男勝起《かつおき》が養子となって、付け家老の跡を継いだ。睦群は、勝起の嫡男で寛政《かんせい》元年(一七八九)家督を継いだばかりであったが、身分に納得していなかった。父勝起の兄弟たちは早世した者を除いて、皆譜代大名の養子となっていたのだ。一人、一段低い陪臣であることに竹腰山城守睦群は不満を持ち、病弱を口実として名古屋へ引きこもった振りをしながら、成瀬民部少輔と密謀を巡らせていた。

「家斉さまには、もうお一方男子がおられたな」

「敦之助君でござるな。しかし、難しゅうございましょう」

成瀬民部少輔の言葉に、竹腰山城守は首を振った。

「なにせ、敦之助君は、御台所《みだいどころ》さまのお腹でござる。十二代将軍をお継ぎになられてしかるべきお方。とても尾張の養子にはくださいますまい」

「それだけに、迎えられれば大きい」

否定する竹腰山城守へ、成瀬民部少輔が膝《ひざ》を進めた。

「将軍家と御台所さまのお子となれば、正統も正統。そのお方を尾張の藩主となせば、我らの力もいやがうえにも増しまするぞ」

「それはそうでございまするが」

「なにより、尾張へお迎えした後、敦之助君が十二代をお継ぎになるようなこととなれば、我らの譜代復帰は確実。いや、それどころか側用人《そばようにん》、若年寄《わかどしより》、老中と出世していくことも夢ではなくなる」

成瀬民部少輔が、竹腰山城守を説得した。

「なにより、竹腰の家が譜代となれば……」

「なれば……」

言葉を切った成瀬民部少輔に、竹腰山城守が怪訝な顔をした。

「敦之助君を本家にお返しした後、空きとなった尾張藩主の座に、山城守どのが戻られてもおかしくはございますまい」

「……ううむ」

竹腰山城守がうなった。

「ご貴殿は他姓を継がれたゆえ、無理だといたしても、ご子息ならば反対も出ますまい」

成瀬民部少輔が、さらにあおった。

「尾張の藩主……」

鬱積《うっせき》した思いを竹腰山城守が顔に出した。

「そのためには、どうあっても敦之助君を尾張へお迎えいたさねばなりませぬぞ」

とどめを成瀬民部少輔がさした。

「わかり申した。敦之助君をちょうだいできるよう、幕閣に働きかけましょうぞ」

竹腰山城守が協力を約した。

「なれば分家どもから養子を出さぬようにいたさねばなりませぬ」

すっと竹腰山城守が考えをきりかえた。

尾張藩には、二代光友《みつとも》の子を祖とする美濃高須《みのたかす》、奥州梁川《おうしゅうやながわ》と二つの分家があった。奥州梁川から七代宗春《むねはる》、美濃高須から八代宗勝と、ともに本家へ血筋を返した歴史をもっているだけに、影響力もあった。

「だけではない。薩摩《さつま》や加賀《かが》などからもさりげない風を装いながら、一族を養子に取ってくれとの申し出が来ておる」

成瀬民部少輔が苦い顔をした。

「尾張の藩主の座は、それだけ値打ちがあるのでござる」

「しかし、受けいれることはならぬ。尾張は将軍家の控えゆえな」

はっきりと成瀬民部少輔が首を振った。

「薩摩や加賀から養子を取れば、尾張は二度と本家へ戻ることはかなわぬ」

竹腰山城守も首肯《しゅこう》した。

公《おおやけ》にはされていなかったが、御三家には創立以来の不文律があった。その一つが、他家の血を当主としないことであった。

御三家は、徳川家康が将軍の血筋に万一があったおりの予備として作りあげた別家であった。そのために、御三家だけが徳川の姓を名のることを許されていた。制外の家として、特別な扱いを受ける越前《えちぜん》松平との間にも大きな差があるのは、そのためであった。

「しかし、薩摩などは金で家老どもを落としているようでござる」

すでに手は伸びていると竹腰山城守が述べた。

諸藩同様、尾張藩も困窮《こんきゅう》の極みにあった。原因の一つは、ご多分に漏《も》れず参勤交代である。だが、もっと大きな出費があった。

葬儀である。

四代吉通《よしみち》、五代五郎太《ごろうた》と一年足らずの間に二人の藩主が急死した。

御三家ともなると葬儀も並ではすまない。名僧から学僧まで数十人の僧侶を招いて、名刹《めいさつ》で立派なものを執りおこなわなければならない。かかる費用は一万両をこえる。

さらに葬儀の後にはかならず新藩主就任がある。幕府への届け出に始まって、老中から奥右筆へいたるまで挨拶《あいさつ》と称したつけとどけが必要であった。一度藩主の交代があると莫大《ばくだい》な費用がかかった。

十万石に匹敵するとまでいわれた木曾《きそ》の山林を持ち、裕福で聞こえた尾張藩の財政が、二度の葬儀と三度の就任祝いで傾いた。

そこへ、拍車をかけたのが、七代を継いだ宗春であった。

尾張三代目綱誠《つななり》の十九男であった宗春は、一度奥州梁川の養子となって分家を継いでいた。その宗春に尾張家の藩主が回ってきたのは、六代を継いだ兄継友《つぐとも》が、跡継ぎなくして急死したためであった。

八代将軍の座を争って吉宗に負けた継友の死は、あまりに急であり、毒を盛られたのではないかと疑われたほどであった。

宗春は、兄の死を吉宗の謀殺と思いこんだ。

復讐心に燃えた宗春は、藩主となるや将軍吉宗の施策をことごとく無視した。吉宗が倹約を言うなら、尾張は浪費をと、徹底してさからった。

吉宗の倹約によって贅沢品《ぜいたくひん》を禁じられた江戸では、吉原の太夫《たゆう》までが木綿ものを身につけたりしていた。

「婚礼など宴《うたげ》においても一汁三菜まで」

食いものにまでお上が口を出す状況に江戸の庶民は萎縮し、名古屋は贅沢を謳歌《おうか》した。なにせ、藩主宗春自ら珍妙な衣装を身につけ、白馬にまたがって、尾張城下の遊郭へ通うなど、派手なまねをしてのけた。

「江戸より名古屋じゃ」

藩主が率先して金を遣《つか》ったのだ。尾張の城下は武士も庶民もあわせて浮かれた。その結果、幕府は借財を払拭した上にかなりの金額を貯めこみ、尾張は家康から財産分けされた軍資金まで使い果たした。

「金か……」

成瀬民部少輔が、嘆息した。

「儂《わし》とて欲しいわ。犬山《いぬやま》の城の傷みは激しく、屋根に大穴が開いている始末だ。それを修復する金さえない」

参勤交代の義務はないとはいえ、付け家老は尾張家藩主の介添え役として、いつも同道していなければならなかった。

藩主が将軍に目通りを願う日は同行し、領地に帰ったおりには、政の相談役として務めなければならない。武家諸法度で決められている参勤交代は免除されていても、一年ごとに江戸と国元を往来しなければならないのは同じであった。

「かかる費《つい》えが変わらぬのなら、譜代の大名として、格式だけでもあげてもらわねば、たまったものではないわ」

「まさに」

竹腰山城守も同意した。

「転びそうな者を始末いたしましょうや」

「いや、そうはいかぬ」

提案に成瀬民部少輔が首を振った。

「家老職以上の者はお上へ届け出がなされている。その動向、罷免《ひめん》死亡などは、すべて幕府へ知らさなければならぬ。ましてや、御三家ともなると見張りの目はきびしい。家老が暗殺されたとわかっては、とても家斉さまのお子さまを養子にはくださらぬ」

「なればどういたしましょうぞ」

手のうちようはあるのかと、竹腰山城守が問うた。

「養子になりたがる者を除ければいい」

「な、なんと……」

聞いた竹腰山城守が絶句した。

「島津の、前田の、分家の子供を殺せと言われるか」

「そうじゃ」

「我が藩の家老どもを片づけるよりはるかに面倒でございますぞ」

竹腰山城守が無茶だと言った。

「そうかの。たしかに薩摩や金沢《かなざわ》まで出向いてとなれば、なかなか手間もかかる。しかし、江戸藩邸ならば、すぐそこではないか。先年、捕まった鼠賊《そぞく》が、大名屋敷ほど盗みに入りやすいところはないと申したそうじゃ。どことも侵入されるなど思ってもおらぬゆえ、警戒ができておらぬらしい」

成瀬民部少輔が語った。

「どうやって……藩の忍《しのび》は使えませぬぞ。万一敵の手におちでもしたら……」

震える声で竹腰山城守が首を振った。

御三家には家康から忍一組がつけられていた。尾張には伊賀の流れをくむ御土井下《おどいげ》組《ぐみ》、紀州には根来修験《ねごろしゅげん》から派生した玉込め役《たまごめやく》、そして水戸には甲府《こうふ》忍の末お鷹同心《たかどうしん》というふうにである。

「御土井下はもともと藩主の身辺警固が任、このような役目にはそぐわぬ」

「では、どうすると」

「木曾衆を遣おうと思う」

「まだ存在しておったのでござるか」

竹腰山城守が驚愕《きょうがく》した。

「さすがにご存じなかったか。紹介いたしておこうか」

成瀬民部少輔が手を叩《たた》いた。

音もなく、竹腰山城守の背後に影が落ちた。

「うおっ」

竹腰山城守が、跳びあがった。

「ご無礼を申しあげました」

影が平伏した。

「民部少輔どの、この者は……」

まだ衝撃から立ち直れず、竹腰山城守の声が震えていた。

「木曾衆頭《かしら》、源《みなもと》義辰《よしたつ》と申すらしい。かの木曾義仲《よしなか》の子孫だそうじゃ」

「源義辰にございまする」

影がゆっくりと顔をあげた。

「忍か」

「正確には忍ではないそうじゃ。なんと申したかの」

成瀬民部少輔が、源義辰へ話しかけた。

「山家衆《さんか》にございまする」

源義辰が答えた。

「……山家衆とは、どのようなものじゃ」

ようやく回復した竹腰山城守が、座りなおした。

「山に住み、山で生き、山を死地とする者で」

「そうか」

首肯しながらも、竹腰山城守の表情は疑問を露《あら》わにしていた。

「最近の禄《ろく》をもらうことに慣れ、城下でなまった生活を送っている伊賀者などとは比べものにならぬ遣い手ばかりらしい」

「…………」

成瀬民部少輔の紹介に、無言で源義辰が頭をさげた。

「褒賞《ほうしょう》は金でござるか」

竹腰山城守が訊《き》いた。

「金ではござらぬ。士分への取りたてでござる」

「士分への取りたて……民部少輔どののご家中にか」

「いやいや。我が家では抱えきれませぬ。尾張本藩にでござる」

「尾張藩へ……」

聞いた竹腰山城守が、くりかえした。

「二代将軍秀忠公から、尾張初代義直《よしなお》さまへ婚姻《こんいん》のお祝いとしてたまわった木曾の山林は十万石に値する。十万石といえば、軍役でおよそ千人。しかし、今木曾は、木曾代官山村《やまむら》家の支配にあり、家臣の数も少ない。ならば、木曾に代々住む山家衆を取りたてたところで困るほどのことはあるまい」

成瀬民部少輔が淡々と述べた。

「なるほど」

「源よ。尾張に手出しをしようとする愚か者たちへ鉄槌《てっつい》をくだしてやれ。それが誰であっても遠慮は要《い》らぬ」

「承知」

源義辰が請けた。

「もうよいぞ」

「では、御免《ごめん》」

現れたときと同様、音もなく源義辰の姿が消えた。

「人か、あれは」

すさまじい体術を見せられた竹腰山城守が、唖然《あぜん》とした。

「あれならば、どこの大名屋敷の奥へでも忍びこめよう。いや、殿中さえ無人の荒野を行くがごときでござろうな」

「殿中……」

さりげなく漏らした成瀬民部少輔の一言に、竹腰山城守が目を見張った。

「奥右筆でござる。なにせ、養子縁組は奥右筆の手を経なければ成立いたさぬ。どこぞの大名に金で飼われ、尾張藩の養子縁組を認めさせる書付を御用部屋へ出されては困りますゆえな。子を始末するより、そちらが重要やも知れませぬ」

成瀬民部少輔が、告げた。

二

太田備中守は、御用部屋から屋敷へ戻るなり、留守《るす》居役《いやくた》田村一郎兵衛《むらいちろうひょうえ》を呼んだ。

「御用でございましょうか」

書院の襖際《ふすまぎわ》で田村が平伏した。

「うむ。最近立花と顔をあわせたか」

着替えを近習《きんじゅ》に手伝わせながら、太田備中守が問うた。

「いえ、ここ十日ほどは、姿を見ておりませぬ。少しばかり他藩との打ち合わせが続きましたゆえ」

田村が首を振った。

老中の留守居役は多忙を極めた。

本来留守居役とは、他藩との連絡、幕府役人との交誼《こうぎ》を役目とし、自藩へふりかかる火の粉をあらかじめ防ぐようにするのが仕事である。他人よりも早く、幕府の押しつけ作事の予定を知り、要路に運動して、命じられることのないようにする。いわば、接待こそが任であった。

しかし、老中の留守居役ともなると話が違った。

接待する側からされる側に立場が変わるのだ。

田村一郎兵衛は、ここ数日尾張への養子を狙っている薩摩の誘いで、吉原《よしわら》に居続けしていた。

「あまり恩を売られるな」

さりげなく太田備中守が注意した。

「はっ」

田村が平伏した。

「立花になにか」

話を田村が戻した。

「うむ。長子廃嫡の前例を調べよと命じたのだが、いまだに返答をいたして参らぬ。ことがことだけにあからさまな催促もできぬ」

将軍家の嫡子を排除しようとしているなどと世間に知れれば、老中といえども無事ではすまない。お役御免はもちろん、へたをすれば改易になりかねなかった。

「さりげなく催促をいたさばよろしいので」

「うむ。催促ぞ。調べの報告が来るまでは、けっして立花を害するな。あらたに別の者へ命じることは避けたい。できるだけ知る者は少ないほうがよい」

「皮肉なものでございまするな」

田村が苦笑した。田沼意知殿中刃傷《にんじょう》にかかわっていた太田備中守は、真相へ近づいた併右衛門をなき者にしようとしている。その併右衛門を一時の間とはいえ、仲間に取りこまなければならなくなっていた。

「奥右筆組頭のどちらでもよいと坊主には命じたが、まさか、立花が来るとは思わなかったわ」

苦い顔で太田備中守が述べた。

「委細、承知いたしましてございまする」

田村が平伏した。

太田備中守の前をさがった田村は、与えられている長屋ではなく、市中に買い求めた妾宅へと足を向けた。

「お戻りなさいませ」

出迎えたのは二十を過ぎたばかりの若い女であった。

「疲れた」

太刀を受けとった女に、そう言うと田村はさっさと裃袴《かみしもはかま》を脱ぎ捨てた。

「お着替えを」

女が太刀を床の間において、乱れ箱を運んできた。

「それよりも……」

田村が女の襟元《えりもと》へ手を入れた。

「殿さま、少しお待ちを」

女が身をよじって、田村の手から逃れようとした。

「どうせ脱ぐのだ、着替えてもしかたあるまい」

田村は片手で女を抱きよせた。

女は、今まで囲っていた妾《めかけ》を放りだして、先日手に入れたばかりであった。柳橋《やなぎばし》で芸者をしていたのを気に入って落籍《らくせき》させただけに、田村はまだ女の身体《からだ》に飽きていなかった。

「ばあやが……」

「呼ぶまで来ぬわ」

帯に手を掛けながら田村が笑った。

小半刻（約三〇分）ほどして、女がばあやを呼んだ。

「お酒の用意を……」

女はそう告げると、一人厠《かわや》へと小走りに出ていった。

「旦那さま、どうぞ」

ばあやが膳を運んできた。

「岩谷《いわたに》道場へ使いに行け」

「呼んでくるだけでよろしゅうございますか」

妾は替わってもばあやは同じである。すでに雇われて十年以上になるばあやは、田村の用件を把握した。

「ああ」

「では、すぐに」

ばあやが出ていった。

半刻(約一時間)ほどで、岩谷道場の主、岩谷謹之介《きんのすけ》が来た。

「お呼びか」

岩谷は、深川《ふかがわ》で町道場を開いている剣客である。もっとも道場といったところで、弟子に旗本や御家人はほとんどおらず、深川をしきっているやくざの親分が、手下《てか》たちを鍛えるためかよわせているようなところである。岩谷もまともな剣術師範ではなかった。

「やってもらいたい相手がいる」

懐《ふところ》から田村が金を取り出した。

「信頼している。全部渡そう」

「十両か。なかなか手強《てごわ》い相手のようだな」

岩谷が手を伸ばして小判を懐に入れた。

「相手は、若いがかなり剣術を遣う」

「剣術遣いか」

「いや、用心棒よ。旗本の厄介叔父《やっかいおじ》でな、柊衛悟という」

田村は衛悟を殺せと頼んだ。

「一人か」

「ああ。麻布《あざぶ》箪笥《たんす》町《まち》に住んでおる。できるだけ早く片づけてもらいたい」

岩谷の問いに、田村が応えた。

「よかろう。明日にでもやってくれよう」

用はすんだと岩谷が立ちあがった。

「油断するな」

「ふん。生きておらねば飯も喰《く》えぬ、女も抱けぬ。金も遣えぬわ。今まで何人斬ったかわからぬ儂《わし》ぞ。若造に後れを取るようでは、深川で道場などやっていけぬわ」

岩谷が下卑《げび》た笑いを浮かべた。

「けっこうだ」

満足そうに、田村がうなずいた。

妾宅から岩谷の気配が消えた。田村は盃《さかずき》を手にした。

「端《はな》から期待などしておらぬ。立花に、まだ狙われていると思わせてくれるだけでいい。後で話をしやすくするための下準備じゃ」

田村が、酒を口に含んだ。


免許皆伝を受けたといって明日から道場が開けるものでもなかった。どんな小さな町道場でも、やるとなればいろいろなものが必要であった。

道場となる建物、稽古《けいこ》道具などはもちろん、なによりそれらを購《あがな》う金が要った。しかし、金があるといってできるものでもなかった。なにより後押ししてくれる人物が必要であった。

金策から弟子探し、近隣との折衝《せっしょう》など、あらゆることに手をさしのべることのできる実力を持った有力者の後援なしに、道場はやっていけない。そんなあてのない衛悟である。今日も変わることなく、飯と汁だけの朝餉《あさげ》を実家で摂《と》ると、大久保道場へ顔を出していた。

「柊さん、一手お願いいたしまする」

弟子の木村《きむら》が声をかけてきた。

木村は、師範代上田聖、筆頭柊衛悟の次に席次の高い弟子であった。

「おうよ」

衛悟は、床の間に祀《まつ》られている鹿島大明神の掛け軸に一礼して、袋竹刀《ふくろしない》を手にした。

割れ竹を馬の裏皮で作った袋へ入れた袋竹刀は、当たったところでたいした怪我《けが》になることはない。木刀でくりかえす型稽古もたいせつだが、実戦の間合いを学ぶことのできる袋竹刀での練習を、涼天覚清流では推奨していた。

「来るがいい」

道場の中央で衛悟が竹刀を青眼に構えた。

「はいっ」

同様に青眼にとっていた木村が、大きく竹刀を振りかぶった。

「りゃあああああ」

木村が、踏みこんだ。三間（約五・四メートル）の間合いが、一気に縮まった。

「…………」

衛悟は一歩も動かずに、待った。

間合いが一間半（約二・七メートル）を割ったところで、木村の竹刀が衛悟の脳天目がけて落とされた。

「おう」

右足を半歩引いて、身体を真横に開き、衛悟はかわした。

「なんの」

空を斬った竹刀を、木村が引きつけて、水平に薙《な》いだ。

「やる」

衛悟は、後ろに跳んで、これも避けた。

「まだまだ」

竹刀に引っ張られるような形で、木村が身体をぶつけてきた。

「ぬん」

今度は逃げずに、衛悟は木村を右足で蹴った。

「くっ」

避けきれずに喰らった木村が吹き飛んだ。

涼天覚清流は、実戦を旨《むね》としている。剣だけでなく、拳《こぶし》や足を使った打ちも技のなかにあった。

「参った」

腰を落としたまま、木村が降伏した。

「かないませぬ」

立ちあがって礼をした木村が首を振った。

「いや、なかなかによき動きであった。手加減することができなかった」

衛悟は木村の上達を褒《ほ》めた。

師範代ではないが、衛悟も道場では教えるほうになる。腕の差を見せつけるだけでは、後輩の指導などできない。

「踏みこみをもう半歩深くしてみればいい。切っ先が三寸（約九センチメートル）伸びるとかなり違うぞ」

「はい」

木村が首肯した。

「もう一本来るか」

「お願いいたしまする」

二人は竹刀の切っ先をあわせた。

半日汗を流して、衛悟は道場を出た。

昼餉《ひるげ》は、瑞紀が用意してくれている。衛悟は、空腹を抱えて麻布箪笥町へと急いだ。

武家屋敷が並ぶ麻布の昼間は寂しい。

物売りたちも朝のうちしかこのあたりにはやってこない。とくに中食《ちゅうじき》のころともなると、皆あわせたように屋敷のなかへ籠《こ》もり、夕方の下城時刻が近づくまで、人気《ひとけ》はまったくといっていいほどなくなる。

「ちょっと訊きたい」

あと少しで麻布簞笥町というところで衛悟は声をかけられた。

「拙者《せっしゃ》か」

衛悟は足を止めた。

見ず知らずの者へものを尋《たず》ねるには、かなり失礼な態度に、衛悟はぞんざいな応えを返した。

「ああ。きさまだ」

近づいてきたのは、がっしりとした肩幅の、いかにも剣客風の男であった。

「柊衛悟だな」

「……………」

衛悟は問いかけを無視した。

無礼にあきれていた。

「聞こえてないのか」

「………」

無視して衛悟は歩きはじめた。

「待て、きさま、ふざけているのか」

さっと顔に朱を浮かべたのは、岩谷謹之介であった。

「人としての礼儀さえ知らぬ者の相手はできぬ」

きびしく衛悟が断じた。

「なにっ」

岩谷が、怒った。

「生意気な小僧が……」

「親しくもないものから、小僧呼ばわりされる理由はござらぬ」

空き腹の衛悟も言い返した。

岩谷の身体から殺気がだだ漏れなのである。なにしに出てきたかなど、衛悟には丸わかりであった。

「その口きけぬようにしてくれるわ」

柄に手を掛けた岩谷が、抜いた。

「誰に頼まれた」

衛悟も太刀を鞘走《さやばし》らせた。

「きさまなどが、生涯会うこともできないお方よ」

下卑た笑いを岩谷が浮かべた。

岩谷の太刀は、一目で違いがわかるほど肉厚のものであった。太刀というより鉄棒に近い感じがした。

「刺客を差し向けるような輩《やから》と生涯知りあいたいとは思わぬ」

言いながら、衛悟は太刀を青眼から右脇へと引きつけた。青眼は身体の正中に合わせて太刀をまっすぐ突きだす構えである。守りには適しているが、攻撃に移るにはどうしても一動が必要となる。

「死ね」

「…………」

岩谷が上段へ太刀を変えると、そのまま突っこんできた。

「おりゃああ」

衛悟は体を開いてこれをかわした。

勢いのまま岩谷が、太刀を水平に薙いだ。

「おう」

後ろに跳んで、衛悟は避けた。

「逃げるばかりか」

岩谷が歯を見せて嘲笑《ちょうしょう》した。

衛悟には岩谷の手が見えていた。

岩谷は、分厚い太刀を衛悟の刀にぶつけて、叩き折るつもりなのだ。得物を失うことは、真剣勝負での負け、すなわち死を意味する。どんなことがあっても岩谷の一撃を太刀で受けることだけは避けなければならなかった。

同時に衛悟は岩谷の腕も見切っていた。師大久保典膳には遠くおよばず、上田聖にも届いていない。いや、木村でも相手にならぬと衛悟は読んだ。

「…………」

無言で衛悟は、間合いをはかった。

二人の間合いはおよそ二間半（約四・五メートル）であった。互いが踏みこめば、必死の距離になる。

衛悟は太刀を脇構えから下段へと変えた。

「斬りあげの太刀で、我が勢いに勝てるか」

自信ありげに岩谷が言った。

「参れ」

左足を半歩前に出し、衛悟は腰を落とした。

「なにっ」

岩谷が、激昂《げっこう》した。衛悟の一言は、格下へのものであった。

「これできめてやる」

大きく岩谷が振りかぶった。

衛悟は、じっと待った。

「きえええええ」

岩谷が踏みこみながら、太刀を落とした。

「やああ」

ぐっと膝を深く曲げて、低くなりながら衛悟も突っこんだ。

重い太刀を自在に振りまわすだけの膂力《りょりょく》を岩谷は持っていた。うそぶくだけの勢いで岩谷の一撃が、衛悟の脳天目がけて襲った。

踏みこんだ右足が地についた。衛悟は、右足を軸に身体を大きく回し、岩谷の左へと動いた。

「なにっ」

目標を失った岩谷の太刀が、地を撃った。

「…………」

下段からの一刀を衛悟は放った。

「うぎゃっ」

衛悟の一撃が、岩谷の腰骨を断った。

「うおっ」

崩れるように岩谷が転んだ。

「二度と人を襲うことはできまい」

さっと二間（約三・六メートル）離れて、衛悟は宣した。

腰をやられては剣を振るうことは難しい。

「おのれ、おのれ」

倒れたままで、岩谷が太刀を振りまわした。しかし、衛悟まで届くことはなかった。

「殺せ、殺せえ」

刺客に身を落とした剣術遣いの末期は哀れである。誰も手をさしのべてはくれない。どころか、恨《うら》みを持つ者、とって代わってやろうと考える者によって、殺されるだけの運命が待っていた。

「……………」

岩谷の叫びに応えることなく、衛悟はその場を去った。

殺気、剣気というのは、一度身にまとうとなかなかぬぐえないものである。

「おかえりなさいませ。食事の用意が……」

衛悟を出迎えた瑞紀の顔がさっとかわった。

「なにがございました」

瑞紀の目がすわった。

子供のときから強情で、一度言いだしたらきかない瑞紀である。衛悟はあきらめて、襲われたことを語った。

「……また」

悲痛な声を瑞紀があげた。

瑞紀も一度併右衛門を狙った忍の手によって拐《かどわ》かされた経験があった。そこで瑞紀は真剣を操る衛悟の姿を見ている。

人を斬ることの恐ろしさを、瑞紀は肌で知っていた。

「大事ござらぬ。命までは奪っておりませぬゆえ」

安心して欲しいと衛悟は述べた。

「それでも、衛悟さまは命をかけられたのでございましょう」

「……それはそうでござるが」

剣士が真剣を抜いて戦う。それはかならず命の遣《や》り取りとなった。少なくとも相手の戦う力、気力を奪うまで、真剣勝負は終わらない。

「なぜ」

哀しい目で瑞紀が衛悟を見た。

「挑まれましたゆえ」

ふりかかる火の粉を払っただけだと衛悟は告げた。

「応じられたのでございましょう」

瑞紀が納得しないと言った。

「黙って斬られろと」

戦いの気配を残していた衛悟の頭にさっと血がのぼった。

「そのようなこと、誰が申しますか」

きっと眉《まゆ》をつり上げて瑞紀が言い返した。

「では、どうせいと言われるのだ」

「お逃げなされればよろしゅうございましょう」

衛悟の問いに、あっさりと瑞紀が答えた。

「逃げよと」

剣士とは戦う者と思いこんでいる衛悟は、一瞬言われたことがわからなかった。

「はい。逃げてくださいませ」

瑞紀がうなずいた。

「そのようなことできるはずもない」

衛悟は首を振った。

「戦うことが剣士の役目。なにより相手が逃がしてくれるものか。それこそ背を向けたとたんに、やられる」

無理だと衛悟は述べた。

「剣士のお役目が戦うことだと仰《おお》せられましたか」

「うむ」

確認をされて、衛悟は首肯した。

「衛悟さまは剣士なのでございまするか」

瑞紀が質問した。

「いまさらなにを。わたくしが剣士なればこそ、立花どのの護衛が務まるのでござろう」

「護衛ならば、父を守りぬくのがお仕事ではございませぬか」

「いかにも」

衛悟も同意した。

「ならばなぜ、父が襲われたでもないにもかかわらず、真剣勝負などをなさいました」

「……………」

追及されて、衛悟は黙った。

「父のおらぬところで、衛悟さまが傷つかれたり、万一の事態に陥《おちい》ったりしたならば、警固の任はどうなさるおつもりか」

「それは……」

「今日も父は、暮れてからお城を下がることになりましょう。どのような事情があったのか、教えてくださいませぬが、父は何度も襲われておりまする。それが、今宵でないと衛悟さまは、断言おできになりますか」

「……できませぬ」

「もしそうなったとき、衛悟さまのお迎えがなくば、父は死にまする」

「…………」

きびしい瑞紀の指弾に、衛悟はなにも言えなかった。

「衛悟さま。あなたさまは剣士であられてはならぬのでございまする。衛士《えいし》であってくださらねば困りまする」

瑞紀が言った。

「そうであった」

衛悟は頭をさげた。

「拙者は立花どのを守ることで給金をいただいておる。そのことを肝に銘じておかねばならなかった」

「はい。衛士であってくださいませ。衛士は、どのような恥を忍んでも、守りぬかねばなりませぬ。また、生きぬかなければなりませぬ。強敵が出てきたので、相討ちになりましたでは、話にならぬのでございまする。その後、別の刺客が父を襲わぬ保証はどこにもありませぬゆえ、どんな卑怯《ひきょう》未練なまねをしてでも、生還してくださらねば、意味などございませぬ」

滔々《とうとう》と瑞紀がさとした。

「承知いたしましてござる」

しっかりと衛悟は首を縦に振った。

三

参勤交代が多くなる四月は、奥右筆がもっとも忙しい季節である。

「広島浅野《あさの》家、お暇乞《いとまご》いの登城を二十日に願いたいと」

「二十日はすでに、六つの大名家が暇乞いに登城する。別の日にするようにと伝えよ」

「姫路酒井《さかい》家、参勤に出府、ご挨拶の土産目録を差しあげておりまする」

「前回と比べ、内容に相違なくば、奏者番《そうしやばん》へ写しを回せ」

配下の問いあわせに、顔もあげず併右衛門と加藤仁左衛門が指示を出した。

「中食も摂《と》れそうにございませぬな」

凝った肩を軽く上下させながら、加藤仁左衛門がぼやいた。

「いたしかたございますまい。この時期だけのことでござれば」

併右衛門は加藤仁左衛門のほうを見ずに述べた。

「しかし、これでは、十分な調べができませぬなあ」

加藤仁左衛門の不満は続いた。

奥右筆の任は出された書付の書式が正しいかどうかを確認するだけではなく、内容の是非まで調べなければならなかった。奥右筆部屋を経た書付は、多くが御用部屋へと回り、そのまま決裁されるのだ。万一、前例と違ったり、悪意を持って幕府を騙《だま》そうとしたりしたものが混じっていては、おおごとになりかねない。

「たしかに困りまするな」

言いながら、併右衛門は悩んでいた。

太田備中守からひそかに命じられた将軍家長子廃嫡の前例調査の報告をどうするか、併右衛門は呻吟《しんぎん》していた。

頼まれてからすでにかなりの日数が経っている。慎重に運ばねばならぬことであるが、あまり遅くするわけにはいかなかった。

かといって調べきれませんでしたというのは、危険であった。太田備中守が命じてきたのは、幕府の存在さえも揺るがしかねない不遜《ふそん》なことである。その内容を知っている併右衛門をそのままにするほど、政の闇は浅くなかった。

まちがいなく地方の役目へ替えられ、二度と江戸へ戻ることはできなくなる。かといってすなおに、調査の内容を報告することは、太田備中守の企てに荷担したことになり、陰謀から足を抜くことができなくなってしまう。うまくいったならばいいが、太田備中守の野望が潰えたとき、併右衛門も一蓮托生《いちれんたくしょう》、お役御免のうえ、改易《かいえき》はまぬがれない。

「ううむ」

目の前の書付に諾《だく》の一文字を記しながら、併右衛門は嘆息した。

「なにも言ってこられぬのが不思議」

思わず、併右衛門はつぶやいた。

太田備中守から催促の一つも来ていないことに、併右衛門は疑問を感じていた。謀《はかりごと》は密にしてよしというが、同時に神速も条件である。慎重にことを進めるのは必要だが、あまりときをかけすぎては、機を失いかねない。

「どうかなされたか」

加藤仁左衛門が問うた。

「いやいや、独り言でござる。お耳障りをいたした」

あわてて、併右衛門は詫《わ》びた。

「文句の一つも言いたくなりまするな。この書付もそうでござるが、己《おのれ》の家のことしか考えておられぬ。一家が出っ張れば、別のところが引かざるをえなくなる。そのことに気づいてないわけでもなかろうに。勝手なことでござる」

あきれた口調で加藤仁左衛門が首を振った。

「まさにさようでございますな」

併右衛門は、同意の言葉を口にした。

その日も併右衛門は太田備中守のもとへ行くことができなかった。前例など命じられた日に思いあたっていた。しかし、どうしてもふんぎりがつかないのだ。

「ごくろうさまでござる」

城中ですれ違う相手も、暮れ六つ近くなると少なくなる。

併右衛門は、門衛の大番組士へ、軽く黙礼をして桜田門を出た。

門を出たところで衛悟が待っていた。

「ご苦労」

鷹揚《おうよう》にうなずいて、併右衛門は先に立った。

「今日はどうだ」

衛悟と合流したとき、最初に訊くことは決まっていた。

「瑞紀どのに叱《しか》られましてござる」

苦笑しながら衛悟が語った。

「なにっ。おまえだけが襲われただと」

「はい」

驚いた併右衛門に衛悟はうなずいた。

「相手は強かったのか」

「いえ。今までのなかでもっとも腕は落ちましてございまする」

だから殺さずにすんだと衛悟が報告した。

「そうか……弱かったか」

併右衛門の顔色が変わった。

「どうかなされましたか」

衛悟が気づいた。

「警告か……」

気づかう衛悟の言葉も耳に入らず、併右衛門はつぶやいた。併右衛門には、裏が読めた。

「……衛悟」

「はい」

「明日は、儂の出迎えはよい。屋敷から一歩も出ずにいてくれ」

併右衛門は、ふたたび屋敷が襲われかねないと危惧《きぐ》した。

「それはかまいませぬが、よろしいので」

衛悟が併右衛門の身を案じた。

「供を増やす。あと、明るいうちに下城する」

併右衛門は、覚悟を決めた。


翌朝、登城した併右衛門は、御殿坊主をつうじて、太田備中守を呼びだした。老中が執務する御用部屋には、奥右筆組頭といえども勝手に入ることは許されていなかった。

併右衛門は、御用部屋から少し離れた畳廊下《たたみろうか》、入り側で太田備中守を待った。

半刻（約一時間）はたっぷり経ったころ、ようやく太田備中守が御用部屋から出てきた。

「待たせた。御用繁多でな」

「いえ。お忙しいところおそれいりまする」

待たされたのが太田備中守の嫌がらせだと気づきながら、併右衛門は詫《わ》びた。

権を持つ者は強く、持たぬ者は弱い。それが、殿中というところであった。数多い役人のなかで群を抜いた力を持つ奥右筆組頭とはいえ、身分は軽い。老中の機嫌一つで、明日には小普請《こぶしん》入りさせられる、吹けば飛ぶようなものでしかなかった。

「で、なんの用じゃ」

意地悪く太田備中守が問うた。

「かの一件でございまする」

併右衛門は、太田備中守の言葉にとまどうことなく話を始めた。このくらいのことで口ごもるようでは、とても奥右筆組頭などやっていられない。

「嫡男を廃された前例も、長子を養子に出された記録も、ともに幕府にはございました」

小声で併右衛門は報告した。

「なにっ」

太田備中守が、大声を出した。

「御老中さま」

あわてて、併右衛門は諫《いさ》めた。

「そうであった」

太田備中守が、首を回してあたりを見た。

御用部屋は表御殿の中心である。五代将軍綱吉《つなよし》の時代、大老堀田正俊《ほったまさとし》が、若年寄稲葉正休《いなばまさやす》に斬り殺された事件以降、無用の者が御用部屋へ近づくことは禁じられている。目で数えられるていどの人しかいないが、老中と奥右筆組頭の密談はそうでなくとも目立つ。そのうえ、老中が驚愕の声をあげたとなれば、耳目を集めて当然であった。

「なにか」

こちらを見ている役人たちを、太田備中守が睨《にら》みつけた。

目があった連中は急いでその場を離れていった。

「これでよいか」

人払いをしたにひとしい効果があった。二人の周囲から人がいなくなっていた。

「畏《おそ》れ入りまする」

併右衛門は、一礼した。

「話の続きを聞かせよ」

先を言えと太田備中守が命じた。

「まず嫡子を廃した前例でございます。神君家康さまのご長男の信康さまがことで」

「信康さまか。しかし、あれは織田信長どのの無理強いではないか」

太田備中守が首をかしげた。

家康の長男信康ほど悲劇の武将はいなかった。

信康は家康と正室今川義元《いまがわよしもと》の姪《めい》築山の間に産まれた長男であった。若くから武芸に長じていただけではなく、軍学にもなみなみならぬ才能を示していた。

桶狭間《おけはざま》の合戦で今川義元を撃ち破った織田家と同盟した家康は、両家の絆《きずな》を深くするため、信康と信長の娘五徳《ごとく》を夫婦《めおと》にした。

二人の間に男子ができれば、徳川と織田は親戚となり、天下統一まで手を取りあって進んでいったはずであった。

しかし、信長の娘であることを鼻に掛けた五徳は、織田家と比べて所領が半分にも満たない徳川の長男信康を夫として尊敬しなかった。

気位の高い嫁よりも、従順な妾に気が向くのは男として当然の結果である。信康は五徳のもとへかよわなくなった。

格下と小馬鹿にした夫が、他の女と同衾《どうきん》している。

嫉妬した五徳は、父信長のもとへ、信康とその母築山が武田《たけだ》勝頼《かつより》へ内通していると偽りの手紙を出してしまった。

当時、織田家は存亡の危機にあった。甲斐《かい》の武田、越後《えちご》の上杉、大坂の石山本願寺《いしやまほんがんじ》、近江《おうみ》の比叡山延暦寺《ひえいざんえんりやくじ》、紀州の根来寺と織田家の周囲は敵によって包囲されていた。

そこに内通者の話である。

平時ならば、充分調べるだけのときをかけられた。しかし、情勢が許さなかった。

信長は、家康に信康と築山の処分を命じた。

すでに三河半国の支配を委ねていたほど期待した長男を殺さねばならない。信長の命令に家康は苦しんだ。だが、さからうことはできなかった。徳川だけで戦国を生きのびるだけの力も自信も家康にはなかった。織田家の滅亡は徳川の最後と同義である。家康は泣く泣く長男信康へ切腹を命じた。

「廃嫡の命は出ていないはずじゃ」

将軍の長男を嫡子からはずすのだ。太田備中守は慎重であった。

「いえ。出ておりまする。神君家康さまは、信康さまに切腹を命じられる前、お預けになっていた東三河の支配を取りあげておられまする。あれは、徳川の跡継ぎを廃したとのご意思ととるべきでございまする」

併右衛門の調べは、太田備中守の思惑よりも深く進んでいた。

「なるほどな」

太田備中守が納得した。

「長子相続でない例は」

すぐに太田備中守が質問した。

「やはり神君家康公のご次男秀康さまが前例でございまする」

以前定信にしたのと同じ説明を、併右衛門はくりかえした。

「なるほどな。松平もいわば他姓であるな」

ゆっくりと太田備中守が首肯した。

「ごくろうであった」

「いえ」

ねぎらいに、併右衛門は小さく首を振った。

「言わずともわかっておろうが、このことは他言いっさい無用である」

「承知いたしておりまする」

太田備中守の念押しへ、併右衛門はうなずいた。

下城した太田備中守は上機嫌であった。

「殿、なにかよいことでもございましたか」

留守居役田村一郎兵衛が訊いた。

「立花が、余にしたがいおったわ」

満足そうに太田備中守が言った。

「奥右筆組頭が……それはよろしゅうございました」

田村が微笑《ほほえ》んだ。

「ご苦労であった」

「お褒めいただき恐悦至極でございまする」

ていねいに田村が頭をさげた。

「田村」

「はっ」

「使いに立ってくれるよう。御前さまのもとへな」

「お手紙をお預かりいたしましょうや」

「いや、口頭でじゃ」

証拠の残る書状を太田備中守は使わないと言った。

「ともに前例がございましたとな。かならず、御前さまにお目にかかり、直接お伝え申してくれよ」

「承知いたしましてございまする」

田村が請《う》けた。

主君の前をさがった田村は、駕籠《かご》を拾うと品川へと向かった。

「急げ。酒手ははずむぞ」

田村を乗せた駕籠は、一刻たらずで伊丹屋の寮へついた。

「しばし待っていてくれ」

駕籠屋を待たせて、田村は寮の前へ立った。

あらかじめ報《しら》せてあったかのように、玄関がなかから引き開けられた。

「おいでなさいませ」

出迎えたのは絹であった。

「これは絹さま」

あわてて田村が、挨拶をした。

「御前さまへお目通りを願いたく」

「あいにく、今夜はお見えではございませぬ。お屋形《やかた》でお過ごしかと。ご伝言を承《うけたまわ》りまするが」

ていねいに絹が言った。

「いえ。主から御前さまへ直接申しあげよと命じられておりまする。では、また明日にでも」

絹が治済のお気に入りで、間をあけずに通ってきていると、田村は知っていた。

「ご確約はいたしかねまするが、よろしゅうございましょうか」

無駄足になるかも知れないがいいかと、絹が訊いた。

「お許しいただけますならば」

頭をさげて辞去した田村は、待たせていた駕籠に乗った。

「品川の船屋へやってくれ」

「へい」

駕籠は品川の遊女屋へと走った。

四

品川の遊女屋に居続けしていた田村が、治済に会えたのは、三日後であった。

「そうか。あったか」

報告を聞いた治済が、満足そうに首肯した。

「田村と申したか」

「はっ」

呼びかけられた田村が、畳に額をすりつけた。

「備中のことじゃ、手抜かりはないと思うが……知っている者は一人でも少ないほうがよい。謀が漏れるのはいつも人の口からゆえな」

「おそれいりまする。たち帰りまして、主に御前さまのお言葉伝えまする」

治済がなにを言いたいのかわからないようでは、留守居役などは務まらない。

「うむ。下がってよい」

手を振って治済が、田村へ消えるようにと命じた。

戻ってきた田村の復命を聞いた太田備中守は、苦い顔をした。

「またぞろ汚れ役か」

「……はい」

田村もうなずいた。

「どちらにせよ、排除せねばならぬ相手だが……御前の、ただの道具として、深みにはまっていくばかりのような気がするわ」

「いかがいたしましょうか」

主君の不満を聞かなかった体で、田村が手はずを訊いた。

「藩士を使うわけにもいくまい……」

太田備中守が、思案に入った。

「それに江戸では目立ちすぎる」

奥右筆の不審な死は、人の目をひく。城中で併右衛門と密談している様子を、何人かに見られているのだ。太田備中守へ疑いの目がむかないとは言えなかった。

「なんとか江戸から離せぬか」

「役職をかえまするか。遠国《おんごく》奉行あたりにでもしてやれば、形としては出世になりましょう」

「遠国奉行か……したがわぬであろうな」

幕臣の補任すべても奥右筆のもとを通るのだ。気に入らなければ、書付を放置して転任の時期を遅らせることもできた。それだけ奥右筆の権限は大きかった。

「ならば、京、大坂あたりへ、出せませぬか」

「理由はどうつける。奥右筆は、筆の仕事、城から出ることなどないぞ」

田村の提案を太田備中守が否定した。

「筆の仕事なれば……作ってやればよろしいのでは」

「作るだと」

太田備中守が首をかしげた。

「奥右筆は、幕府すべての書付を取り扱いまする」

「うむ」

「ならば、奥右筆が出張《でば》らなければならないような状況を……」

「奥右筆、それも組頭を出すとなれば、なまじのものではかなわぬ……待て」

手をあげて、太田備中守が田村へ黙れと言った。

「神君家康さまの書付がある」

太田備中守は、御用部屋の懸案を思い浮かべた。

「家康さまの書付でございまするか。なるほど、それならば奥右筆組頭が出てもおかしくはありませぬ。いや、組頭でなければなりますまい」

それだと田村が手を打った。

「家康さまの書付の真贋《しんがん》を見きわめるとなれば、駿府まで行かせても不思議ではない。いや、行かせなければならぬ。なぜ、思いつかなかったか」

太田備中守が満足した。

奥右筆の重要な仕事の一つに、代々の将軍家が出したお墨付きの真贋鑑定があった。とくに世がまだおさまっていなかった初代家康、二代秀忠のころには、大名たちを味方につけるため、お墨付きが乱発された。もちろん、あとでそのほとんどは反古《ほご》となったが、大名からすれば、それこそ命綱となっているものも少なくない。なかには藩を守るために、お墨付きを偽造したり、焼亡したものを複製した大名家もある。それを見わけるのも奥右筆の任であった。

将軍家にかかわることだけに、真贋の鑑定は平《ひら》の奥右筆ではなく、組頭の職務とされていた。

「それはよろしゅうございまする。江戸を離れた街道筋では、なにがおこっても不思議ではございませぬ」

「……そうじゃ。立花がおらぬ隙《すき》に尾張の養子願いを出していただくのもよい。立花は越中守と繋《つな》がっておる。その筋が切れている間に、御用部屋まで書付をあげてしまえば……」

「一石二鳥でございまするな」

感嘆の声を田村があげた。

「街道筋での事故の手配は、そなたがいたせ。金はいるだけ勘定《かんじょう》奉行へ申しつけよ」

事故に見せかけよと太田備中守が命じた。

「お任せくださいませ」

田村が請けおった。

主のもとから、田村は直接勘定奉行を訪ねた。

「少々ご融通願いたい」

「またでござるか」

勘定奉行が苦い顔をした。

「この春から、お留守居役どのへお渡しした金額は、すでに二百両近《ちこ》うございまする。これ以上はちと無理でございまする」

老中のもとへは付け届けが毎日届く。領地からあがる年貢と変わらぬほどの余得があったが、無尽蔵ではない。

「殿のご諚《じょう》でございますぞ」

「なれど無い袖は振れませぬ」

頑迷《がんめい》に勘定奉行は抵抗した。

事実太田家の内情は火の車であった。

太田家には借財があった。老中になるための借金が重くのしかかっていた。譜代であるが、太田家は老中まであがれる家柄ではなかった。もともと江戸へ入った家康から名門を途絶えさせるのは忍びないと引きあげられた家で、譜代としての歴史は浅い。

なんとかして太田家の隆盛をと渇望した備中守が、莫大な金を要路に撒《ま》いて、出世を手にした。備中守は、太田家初めての老中であった。

そのときに領地や江戸、大坂の豪商から借り入れた金のほとんどが、まだ残っている。

「裏の金がござろう」

田村が勘定奉行の耳元でささやいた。

「な、なにをっ」

勘定奉行がうろたえた。

老中の勘定奉行ともなれば、いろいろなところに影響をおよぼせた。なかでも米の相場への口出しが大きかった。

旗本や御家人へ禄を給するお玉落としの時期、幕府は米一俵いくらという標準価格を公布した。この金額の設定をおこなうのは、幕府勘定奉行の仕事である。しかし、そこに老中の意思が入るのは当然であった。

政を担う老中といえども、大名である。自身で買いものをしたことなどなく、物価のことがわかるはずもない。その老中が米の値段を問うのは、自藩の勘定奉行である。となれば、米の相場で一儲《ひともう》けをたくらむ札差《ふださし》や豪商は、少しでも早くその金額を知るために、勘定奉行へ金を渡した。

「殿に内緒で、かなり儲けられたか」

「それは……」

勘定奉行が絶句した。

札差などからもらう付け届けも大きい。だが、米相場での儲けこそ本命であった。米の相場がどうなるかを、あらかじめ勘定奉行は知っているのだ。わずかな元金を数倍にできた。

「いかがであろうな。そのうちの少しを、そう、百両ほどでいいのだが」

断れば、主君へ報せると言外に含めて田村が頼んだ。

「ひや、百両」

聞いた勘定奉行が息を呑《の》んだ。

一両あれば庶民が一ヵ月生活できる。百両といえば、二百石取りの武士の年収にあたる大金であった。

「や、やむをえませぬ」

しかし、拒否はできなかった。勘定奉行はしぶしぶうなずいた。

「明日中に、我が長屋までお届けくだされ」

田村は、勘定奉行に念を押した。


伊丹屋の寮で、治済が冥府防人を呼びだしていた。

「どうじゃ」

「おもしろいことになりそうでございまする」

冥府防人は、尾張藩付け家老二人のことを報せた。

「ほう。木曾衆か。使いものになるのか」

治済が問うた。

「伊賀者よりまし、というところでございましょう」

「そのていどか」

あからさまな嘲笑を治済が浮かべた。

「しかし、数はかなりいるようでございまする」

あなどることはできないと冥府防人は告げた。

「江戸まで出てきておるのか」

「いまのところは、数名」

すでに冥府防人は木曾衆の根城も確認していた。

「動くか」

「はい」

治済の言葉に、冥府防人が首肯した。

「付け家老か。陪臣の地位に甘んじておればいいものを。参勤交代の義務も、幕府お手伝い普請も命じられることもない現状が、どれだけよいものか気づいておらぬ」

吐《は》きすてるように治済が、言った。

「譜代大名に戻ったところで、一度陪臣となった記録は消えぬ。幕閣に名前を連ねることなどできはせぬ。祖先の事績を我がものと思いこむ愚か者め」

「…………」

無言で冥府防人は目を伏せた。

「なれど、使いようでは役に立つか」

治済がおもしろそうに唇《くちびる》の端をゆがめた。

「目を離すな」

「はっ」

冥府防人が、平伏した。

木曾衆は、四谷の尾張藩抱屋敷《かかえやしき》にいた。

抱屋敷とは、幕府から与えられたものではない。尾張藩が買い取るかあるいは借りた土地に建てた屋敷であり、藩士の住居あるいは、納戸《なんど》として使っていた。

「頭《かしら》、木曾へ迎えを出しまするか」

配下の一人が問うた。

「うむ。成瀬さまのご紹介で竹腰さまのご了承もえた。あまり表だって動くわけにはいかぬが、さすがにこの人数では手がたりぬ。二十名ほどを出府させねばなるまい」

源義辰も同意した。

「では、わたくしが」

若い木曾衆が名乗り出た。

「杉一《すぎいち》か。よかろう」

「では、早速に」

許しをもらった杉一が、座を立った。

「木曾まで往復と人集めで、十日も要らぬな」

普通の旅人ならば、片道十日かかる。飛脚でも七日は必要な距離を、木曾衆は四日で駆けた。

「それまで待つのでござるか」

最初に口を開いた配下が、尋ねた。

「いや、ときを無駄にするわけにはいかぬ」

首を振りながら源義辰が、一同を見た。

「かと申しても、今いる者だけでは、なかなか思いきったことはできぬ」

杉一を出して、手元に残った者は源をあわせて三名しかいなかった。

「では、どういたすので」

「まず探索じゃ」

「探索、どこを探りまするので」

源の言葉に配下が問うた。

「成瀬さまから教えていただいたのだが、大名の養子縁組などはすべて、奥右筆の手を経なければならぬそうじゃ」

「奥右筆とはなんでござる」

木曾衆は江戸を遠く離れた山のなかで生活している。奥右筆のことなど知らなくて当然であった。

「書付いっさいをあつかう役目と覚えておけ」

簡略な説明を源がした。

「絵図を持て」

まだ理解していない配下に江戸城中の見取り図を出せと、源が命じた。

「これが奥右筆部屋じゃ」

「かなり城中の奥でござるな」

源の指さした先を見て、配下がうなった。

「ここへ忍びこむ」

「…………」

配下二人が黙った。

「先日江戸城の内堀を巡って見ましたが……結界が張られておりまするぞ」

しばらくして一人が口を開いた。

日中江戸城の諸門は開かれている。さすがに内廓《うちぐるわ》のなかまでは入れないが、その周囲を歩くことは誰にでもできた。

「うむ。あれは甲賀《こうが》のものであろう」

源も認めた。

「破ることは、さして難事ではございませぬ。しかし、知られずに入りこむとなれば、ちと」

配下が首を振った。忍びこんだことがばれてしまっては意味がないのだ。

「甲賀は数でございますれば」

忍の流派を代表する伊賀と甲賀は、山一つ隔てただけながら、大きな違いがあった。

伊賀が一人一人の力量を重視するのに対し、甲賀は一丸となって動くことを根本としていた。

その差が、甲賀を与力《よりき》にし、伊賀は同心と一段低い地位とさせた。

「目が多いか」

重く源がつぶやいた。

「ならば、そらしてやればよい」

源が言った。

「二人で、騒動を起こす。その隙に一人を入れる」

「その手しかございませぬか。しかし、そう何度もできはしませぬが」

提案に配下の一人が危惧を示した。一度は成功しても、二度目が難しい。相手も馬鹿ではない。同じ手はつうじないと考えるべきであった。

「いや、そのまま江戸城中に残ってもらう。奥右筆部屋の屋根裏か、床下へ忍んで、夜ごとに書付を確認、尾張さまの養子願いが出たときに、それを奪えばいいのだ」

「それで、養子のことが潰《つぶ》れまするのか。紙切れ一枚なくなっただけで……」

「御上とはそういうものだと、成瀬さまがおっしゃっておられたわ」

あきれる配下に、源が告げた。

第三章　神君の遺

一

いつものように登城した併右衛門は、席に着くなり御用部屋から呼びだされた。

「奥右筆組頭《おくゆうひっくみがしら》立花併右衛門、まかりこしましてござる」

併右衛門は部屋前の襖際《ふすまぎわ》で正座している御用部屋坊主へ用件を告げた。

「お待ちを」

御用部屋へ姿を消した坊主は、すぐに戻ってきた。

「太田備中守《びっちゅうのかみ》さまが、お待ちでございまする」

うながされて併右衛門は御用部屋へと足を踏みいれた。

御用部屋は幕府の中枢である。老中たちは毎日ここに詰め、幕府のおこなうべき政《まつりごと》について相談し、指示する。

なかは、老中一人ごとに屏風《びょうぶ》で区切られていた。密談が隣に聞こえるおそれがないように、屏風の間隔はかなり広くとられている。

「立花、ここへ来い」

襖際で声がかかるまで控えるのも慣習であった。呼んでいる相手がわかっていても、直接屏風の内へ入ることは、機密のうえからしてはならなかった。

「はっ」

併右衛門は小腰をかがめて、太田備中守のもとへと急いだ。

「もっとこちらへ」

屏風の隅で控えた併右衛門へ、太田備中守が手招きした。

「ご無礼を」

近くまで併右衛門は進んだ。

「立花、神君家康さまのお手には精通しておるか」

いきなり太田備中守が問うた。

お手とは書蹟《しょせき》のことである。太田備中守は、家康の書付《かきつけ》を一目で本物かどうか見抜けるかと訊《き》いていた。

「神君家康さまのご花押《かおう》でございますれば、慶長《けいちょう》の時代からのものが奥右筆の書庫で保管いたしておりまする」

併右衛門は、実物を見たことがあると言うことで、答えとした。

「うむ。けっこうだ」

ゆっくりとうなずいた太田備中守が声をひそめた。

「駿府《すんぷ》より、神君家康さまの書付が新たに見つかったとの報《しら》せが参った」

「なんと」

聞いた併右衛門は驚愕《きょうがく》した。

幕府にとって神に等しい家康である。その書いたものもほとんど網羅されていた。未見のものが存在するなど、考えられなかった。

「家康さまが、駿府へご隠居されてからのものらしい。しかも内容にいささか困ることが書かれているという」

「困ることと仰《おお》せられますると」

「ここで言える話ではない」

併右衛門の質問を、太田備中守が封じた。

譜代大名から選ばれ、幕政を支える老中たちといえども一枚岩ではなかった。隙《すき》あらば、他人を蹴落とさねば、生き残っていけないのが御用部屋であり、できる者だけ、ここに席をもてるのだ。

「気づかぬことを申しました」

あわてて併右衛門は詫《わ》びた。

「そこでじゃ。そなたに駿府まで出向いて鑑定をしてもらいたい」

太田備中守が用件を口にした。

「わたくしでございまするか」

併右衛門は、息を呑《の》んだ。

「そのような大役、わたくしではとてもかないませぬ」

家康の書付の真贋《しんがん》を鑑定する。奥右筆の裏ともいうべき役目ではあるが、失敗の許されないものである。まちがいはただちに身の破滅となる。

「拒むことはできぬ」

冷たい声で太田備中守が告げた。

「すでに、そなたは知ってしまったのだ。いまさら逃げだすことが認められると思うか」

「……それは」

政《まつりごと》の暗部に触れる機会の多い奥右筆組頭である。太田備中守の真意がわからないはずはなかった。

「承知いたしましてございまする」

「うむ」

満足そうに太田備中守が首肯《しゅこう》した。

「一つだけ」

「なんじゃ。申してみよ」

太田備中守がうながした。

「書付を江戸へ送っていただくことはかないませぬか。さすれば、奥右筆部屋にある記録とつきあわせることができ、確実な結果を出せまする」

併右衛門は提案した。

「ならぬ。江戸へ持ちこめば、話が広まりかねぬ。江戸を離れた駿府なればこそ、密にことを運べるのじゃ。真筆とわかれば、江戸へ持ち帰り、上様にご披露したうえで、書かれている内容のとおり実行いたさねばならぬ。また、偽物となれば、草の根を分けてでも作成した者を探しだし、厳罰に処さねばならぬ。どちらにせよ、書付の中身とかかわりのある者にとっては、看過できぬことになろう」

「…………」

影響の大きさを考えて、併右衛門は言葉を失った。

家康の書付はそれだけの威力を持っていた。それこそ、誰々に百万石を与えると書かれていたら、幕府はしたがわざるを得ないのだ。

約束を反故《ほご》にできるのは、した本人だけである。その本人が亡き今、約束は遺言となった。

幕府にとって神である家康の遺言となれば、なにがあっても実現させなければならない。うかつになかったこととするわけにもいかなかった。書付を闇へ葬り去ってしまえばいいと考えるのは甘い。老中へ伝わる前に、書付の存在を複数の者が知っているのだ。どれほど口止めしたところで、重要な秘密ほど漏《も》れる。真贋の確認もせずに、家康の書付を捨てたとなれば、老中でも切腹改易は免《まぬが》れなかった。

「わかったな」

太田備中守が念を押した。

「……はっ」

逃げ道はどこにもなかった。併右衛門は承伏するしかなかった。

「勘定方《かんじょうかた》に旅費は出すように命じてある。さっそくに出立《しゅったつ》いたせ。むこうでは、駿府城代の命《めい》にしたがえ」

話は終わったと太田備中守が、手元の案件へと目を落とした。

「…………」

無言で併右衛門は、御用部屋を出た。

奥右筆部屋へ戻った併右衛門は、同役の加藤仁左衛門に駿府まで行くことになったと伝えた。

「御用でござるか。お留守の間は、お任せあれ」

併右衛門の用を訊かずに、加藤仁左衛門が述べた。

奥右筆は密を重んじる。他人の仕事へ口出しをしないのが慣例である。相談がないかぎり、言われない先に問うことは厳禁であった。

「お願いいたす。準備に入らせていただく」

まだ昼前であったが、併右衛門は席を立った。そのまま二階の書庫へあがり、ていねいに保管されている家康の書付を取りだした。

奥右筆の書庫にあるものは、持ち出しできない。とくに家康にかかわるものは、組頭以外閲覧も許されていなかった。

「…………」

併右衛門は、食い入るように家康の花押を見つめ、脳裏へ刻みこんだ。

一日でも見ていたかったが、ときは有限である。旅立ちの用意もある。併右衛門は、一刻（約二時間）ほどで下城した。

衛悟の出迎えはなかった。己《おのれ》で来るなと命じたことだが、併右衛門は心細さに身を震わせた。

「おらぬか」

いつも衛悟の待っているあたりへ目をやって、併右衛門がつぶやいた。

「殿さま」

挟《はさ》み箱《ばこ》を持つ中間《ちゅうげん》が呼びかけた。

「柊さまがおられませぬが、よろしいので」

中間の声にはおびえが含まれていた。

「白昼堂々、お上の役人を襲う馬鹿はおらぬ」

併右衛門は大丈夫だと保証した。

「ここで殺されるほうが楽かも知れぬな」

供の者に聞こえないよう、併右衛門は小声でつぶやいた。それほど家康の書付を鑑定することは重大事だった。

一つまちがえば、お家断絶その身は切腹になるのだ。路上で暴漢に殺されたとしても、手が太刀の柄《つか》にかかっていれば、家は残される。瑞紀に婿《むこ》養子を迎えれば、立花家は無役になるとはいえ続いていく。

「こればかりは越中守《えっちゅうのかみ》さまにも頼れぬ」

八代将軍吉宗の孫でも、家康と比べ物にはならなかった。まして老中首座を追い落とされた、いわば敗者の松平定信に、太田備中守の命を撤回させるだけの力はない。なにより定信が常に味方であるとはかぎらなかった。

悄然《しょうぜん》とした併右衛門を、お庭番村垣源内《にわばんむらがきげんない》が見ていた。村垣源内は松平定信の命で、併右衛門を見張っている。

「なにがあったか」

村垣源内は、先回りして立花家の天井裏へと忍びこんだ。

「お父さま、お身体《からだ》の調子でも……」

早すぎる帰宅に、瑞紀が顔色を変えた。

「いや、体調は悪くない。それより瑞紀、旅の仕度《したく》を頼む」

併右衛門は、書院に腰をおろした。

「旅仕度でございますか」

驚いた瑞紀が問い返した。

「……旅だと」

天井裏の村垣源内も驚愕した。

奥右筆が江戸から出るなど、予想もしていなかった。

「うむ。お役目で駿府まで参らねばならぬ」

「駿府まで……箱根をこえられるので……」

江戸に住む者にとって箱根の向こうは見たこともない土地である。旗本の子女にいたっては、生涯江戸を出ることもまずなく、屋敷と菩提寺と嫁ぎ先しか知らないのが普通である。瑞紀が息を呑んだのも当然であった。

「なにも心配はない。東海道は御上の手によって整備されておる。それに泊まりも公用旅ゆえ本陣が使える。なに、すぐに戻る。駿府での用にかかる日数をくわえても、往復で十日もかかるまい」

併右衛門は、瑞紀を安心させるように話した。

「お一人だけでございますか」

「うむ」

瑞紀の質問に併右衛門は首肯した。

　家康の書付が偽物ならば、併右衛門は一人で東海道を往復すればいい。遊山《ゆさん》旅とはいかぬが、かなり気楽であった。しかし、本物となれば、併右衛門の手から書付は離れ、江戸から側用人《そばようにん》か、小姓番《こしょうばん》組頭あたりが派遣されることになる。

「供の者もお連れになりませぬので」

　併右衛門の一人という言葉を、瑞紀がそのままにとった。

「ああ。供は連れていく」

「あの……」

　瑞紀が口ごもった。かすかに頬《ほお》が染まった。

「衛悟か」

　すぐに併右衛門は見抜いた。

「もちろん、残す」

「お父さま……」

　併右衛門の答えに瑞紀が絶句した。

「旅の途中でなにかあってはどうなさいまする」

　瑞紀が、言いつのった。

「御上の役人を襲うような者はおらぬ」

「なにを仰せられまする。ここ最近だけでも、何度危ない思いをなされました。町奉行、お目付《めつけ》衆の目が届く江戸のお膝元《ひざもと》でさえ、こうなのでございまする。道中が安全とはとても思えませぬ」

必死で瑞紀が、併右衛門を説得した。

「ならぬ。衛悟が、ここを、いやおまえを守っていてくれねば、儂《わし》が安心してお役目を務められぬ」

きっぱりと併右衛門が拒否した。

「わたくしは大丈夫でございまする。屋敷には人もおりまする」

瑞紀が背筋を伸ばした。

立花家の家禄《かろく》は足し高を抜けば、二百石である。二百石取りの旗本は、幕府の取り決めた軍制にしたがえば、侍一人、具足櫃《ぐそくひつ》持ち一人、槍持ち一人、馬の口取り一人の合わせて四人を抱えていなければならなかった。他に小荷駄《こにだ》への応援として馬の口取り一人を戦時には用意させられたが、戦国ははるか昔となった寛政《かんせい》の世で、このとおりの人数を抱えている家などない。立花家もそうであった。

「仕えてくれている者どもは、剣の心得などないではないか」

強情な瑞紀に、併右衛門はいらだった。

　筆で出世を重ねてきた併右衛門は、武芸を無用の長物としてさげすんできた。もう刀や槍の時代ではなく、学問こそ武士の表芸であると、己《おのれ》も剣をならわなかったし、家臣たちにも武術の腕は求めなかった。

「なればこそでございまする。刀を抜いたことさえない者たちをお供になさるなど、父上さまのお役目からも鼎《かなえ》の軽重が問われましょう。衛悟さまをお連れになられませ」

　瑞紀も負けていなかった。

「馬鹿者が」

　併右衛門が叱《しか》りつけた。

「衛悟は柊家の次男。今でこそ、儂《わし》の警固《けいご》をさせておるが、これも厳密に申せば、問題なのだ。屋敷が隣り合っておるゆえ、出会えば一緒に帰るのもおかしくはない。誰かに咎《とが》めだてられたとき、こう言ってごまかせる。だが、江戸を出て駿府まで同道させたとなると、さすがに言いわけはきかぬ。なにより、旗本が江戸を離れるには許可が要る。儂は公用ゆえよいが、衛悟の分はどうするつもりじゃ」

「それは……」

　正式な話となれば、瑞紀に反論はできなかった。

「瑞紀、考え違いをしておらぬか。衛悟を我が家の家臣と思っておるのではないだろうな」

「そのようなこと……」

あわてて瑞紀が首を振った。

「ならば、この話はここまでじゃ。旅仕度を急げ」

併右衛門の命に、瑞紀が頭をさげた。

すべてを聞いてから、村垣源内は立花家の天井裏から離れた。

「なにがどうなっておるのかは、わからぬが、奥右筆組頭が公用で駿府へ。これはご報告をいたさねば」

村垣源内が、風のように走った。

お庭番は紀州藩主から将軍へ成りあがった吉宗が、連れてきた腹心を祖としている。代々微禄《びろく》ではあったが、玉込め役《たまごめやく》として、戦場で藩主の側《そば》近くに仕えていた家柄である。紀州の血を引く将軍にとって腹心中の腹心であった。

「本日のご政務、おわりましてございまする」

側用人が宣した。

「やっと中食《ちゅうじき》か」

家斉が嘆息した。政務といったところで、家斉の仕事は、承認を与えるだけである。それでも内容だけは聞かされるので、終わるまで座りっぱなしを強《し》いられた。

「昼からは、どうするかの」

将軍の政務は午前中に終わる。午後は、小姓組番士《こしょうぐみばんし》たちと雑談するか、将棋囲碁などをして過ごすのがいつものことであった。

用意された中食に目を向けた家斉は、小さく目を見開いた。米の一粒にかすかな色がついていた。お庭番から将軍へ用があるときの合図であった。

「庭を散策して参る」

食事を終えた家斉が立ちあがった。

お庭番と話をするには、他人の目があってはつごうが悪い。家斉はいつも中奥の庭奥の東屋《あずまや》を使用していた。

「お履《は》きものの用意をいたせ。小姓番、お庭を調べよ」

小姓番組頭が、大声を出した。

「お供を」

当番の小姓組番士が、腰をあげた。

「要らぬ。何度言えばわかるのじゃ。躬《み》は一人で行きたいのだ」

まとわりつこうとする小姓組番士たちへ、家斉は手を振った。

「しかし、万一のことがございましては」

あわてて小姓番組頭が止めた。

「この江戸城のなかで躬になにかあると申すか。ならば、城を守っておる大番組、新番組、甲賀組、伊賀組は役立たずだと言うのだな」

「け、けっしてそのような……」

小姓番組頭が急いで首を振った。

「待っておれ。しばし庭を見てくるだけじゃ」

ついてくるなと念を押して、家斉は庭下駄《にわげた》を履いた。

中奥にある庭は、吹上ほど大きくなかった。家斉はゆっくりと庭木を愛《め》でながら、奥へ奥へと進んでいった。

東屋で足を止めた家斉は、池に目をやりながら、口を開いた。

「おるか」

「これに」

音もなく家斉の後ろに村垣源内が現れた。

「なにがあった」

家斉が訊《き》いた。

「このようなことが……」

村垣源内が併右衛門のことを語った。

「奥右筆を駿府へか。そのような話は、躬のもとに来ておらぬ」

老中や側用人が差しだす政の書付に、まったく興味のない風でただ花押を入れているだけに見せかけながら、家斉は、そのじつすべての用件を把握していた。

「奥右筆組頭を動かせるほどの者となりますると」

「老中か。また躬にも報せずになにかを企んでおるな、あやつらは」

家斉が冷たい目をした。

「かざりものには、ふさわしい処遇」

「上様」

村垣源内が、おさめた。

「ふむ。まあよい。なにをしでかすかよく見ていてつかわそう」

鼻先で家斉が笑った。

「いかがいたしましょうや」

指示をと村垣源内が求めた。

「ほうっておけと言いたいところだ。しかし、奥右筆組頭を駿府まで行かせる用件が気になる」

「調べましょうや」

「そうじゃな。奥右筆組頭を見張っておれ。もっとも万一のことがあろうとも、助ける必要はない。それより、襲った輩《やから》の正体を見てくるがいい」

家斉が命じた。

「はっ」

平伏した村垣源内が、一瞬で姿を消した。

二

いつものように道場から立花家へ戻った衛悟は、すでに併右衛門が在宅していることを知って目を剝《む》いた。

「なにがござったのか」

衛悟は、瑞紀に質問した。

「お役目で、駿府まで行かれるとかで」

いつもなら衛悟の給仕につききりとなる瑞紀だったが、今日は併右衛門の旅仕度に走りまわっていた。

「駿府まで」

空腹であったが、衛悟は食事よりも事情を優先した。

「御免《ごめん》」

一声かけて、書院に入った衛悟は、難しい顔をしている併右衛門を見て、おもわず足を止めた。

「……衛悟か」

併右衛門が手招きした。

「…………」

衛悟は、黙って併右衛門の側まで寄った。

「旅に出られるとか」

「うむ。御上の御用でな」

懐紙に穴を開け、紐《ひも》で綴《と》じながら併右衛門が答えた。

「道中控えを作っておるのだ」

「お供いたしましょうぞ」

無心で手を動かしている併右衛門へ、衛悟が告げた。

「要らぬ」

併右衛門が首を振った。

「ですが、江戸を離れれば、危険でござる」

衛悟の危惧《きぐ》は当然であった。将軍のお膝元である江戸の治安はいい。それに比して街道の状況は著しく悪かった。旅に出かける者を、一族水盃《みずさかずき》を交わして見送るのが習慣となっているほどである。追いはぎ、ごまのはえはまだしも、男なら殺して金を奪い、女なら犯して女郎屋に叩《たた》き売るなど日常茶飯事なのだ。

幕府役人といえども、幟《のぼり》を立てて旅するわけではない。盗賊たちからすれば、金回りのよさそうな武家の旅にしか見えない。剣術をやったことさえない併右衛門では、それらを実力で排除するなど無理なことぐらい、赤子にでもわかる。

「わかっておる」

重い声で併右衛門が首肯した。

「おぬしには、瑞紀を守って欲しい」

「またここが襲われると」

併右衛門の申し出に、衛悟は問いを返した。

「それもある。それもあるが……」

一拍併右衛門が間を空けた。

「あとのことを頼みたいのだ」

併右衛門が言った。

「……あとのこと」

衛悟がすっと目を細めた。

「死なれるおつもりか」

気配を読み取ることにかんして、剣術遣《つか》いに勝《まさ》る者はいない。すぐに衛悟は併右衛門が死を考えていると気づいた。

「いや、死ぬ気はない。死ねるものか。娘の行く末も見届けず、孫を抱くこともなく死ねようか」

懐紙の束から顔をあげた併右衛門が、語気も荒く言った。

「死にたくないわ。だが、どうしようもないのだ」

併右衛門が肩を落とした。

「御用をうかがってよろしいか」

「それはできぬ」

衛悟の願いを、併右衛門は拒絶した。

「おぬしを信用しておらぬわけではない。ただ、おぬしを巻きこむわけにはいかぬ。今、瑞紀を支えてやれるのはおぬしだけ。もう少しときがあれば、ふさわしい婿を取り、後顧《こうこ》の憂《うれ》いなく発《た》てたのだが……」

さみしそうに併右衛門が述べた。

「瑞紀が強欲な親類どものの食いものとならぬよう、護《まも》ってやってくれ。用心棒の代金じゃ」

併右衛門が、小判を二枚さしだした。

「立花どの……」

覚悟を見せられて、衛悟はそれ以上口を出せなかった。

翌日の早朝、併右衛門は屋敷を後にした。

「行ってくる。火の元には重々注意いたせ」

幕府の公用旅である。手形などは必要ない。併右衛門は士分にあたる若党を一人と中間を供に駿府へと旅だった。

「衛悟さま」

見送りながら瑞紀が泣きそうな声を出した。

「大事ござらぬ。きっと無事にお戻りになられまする」

衛悟は気休めを言うしかできなかった。

「……はい」

小さくうなずいた瑞紀が、衛悟の袖《そで》をぐっと握りしめた。

まだ落ち着かない瑞紀の側に、居づらくなった衛悟は、道場へ向かった。

己のなかで瑞紀のことをどう考えているか、衛悟は整理がつきかねていた。幼馴染《おさななじ》みの瑞紀が気になっている。それが、養子先としての打算ではないと、衛悟は言いきれなかった。

「逃げ出しただけか」

やっていることの情けなさを、衛悟は承知していた。

「ずいぶんと景気の悪いお顔をなさっておられまするな」

とぼとぼと歩く衛悟の背後に、みすぼらしい老僧侶が立っていた。

「これは覚蟬《かくぜん》どの」

覚蟬は、もと東叡山寛永寺《とうえいざんかんえいじ》の僧であった。寛永寺きっての学僧と讃《たた》えられていたが、僧正就任を目前にして、酒色へおぼれ、寺を追放された。いまでは浅草の裏長屋で、自作のお札を配って、わずかなお布施をもらう願人《がんにん》坊主に身を落としていた。衛悟とは、深川の団子屋で隣り合って以来数年をこえる知己《ちき》であった。

「またぞろお悩みのようで。破《やぶ》れ障子《しょうじ》のあて紙にも劣る愚僧でござるが、話を聞くらいのことはできまする。迷う心を助けるのは出家の役目。よろしければ、話してごらんなされや」

覚蟬がうながした。

「差し障りがござるので……」

立花の名前を出さずに、衛悟は語った。

「ふうむ。ようするに、娘をとるか、親父をとるかということでございますな」

あっさりと覚蟬が言った。

「御坊。それほど単純なものではございませぬ」

衛悟はあきれた。覚蟬の言葉を借りれば、どんな重い命題でも二者択一で終わってしまう。

「いや、そうでござろう。衛悟どのがどちらを守りたいか。それが決め手ではござらぬのか。人は仏ではござらぬ。一度に多数の衆生《しゅじょう》を救うことはかないませぬ。なれば、どちらかを選ぶしかないのでござる。二兎《と》を追う者は一兎をもえずということわざは真理でありますぞ」

覚蟬が諭《さと》した。

「どっちつかずの状況はよくないと」

衛悟は覚蟬の真意に気づいた。

「さよう。どっちつかずは、なにごとにおいてもよろしからず。心を決めて動けば、たとえ思いとは違う結果となったところで、後悔せずにすみましょう」

「選べと言われるか」

「人生には選択せねばならぬときが、あるので」

うながすように覚蟬が告げた。

「かたじけのうございました。思案いたしてみようと思いまする」

覚蟬の極論は、少しだけ、衛悟の気分を軽くした。

「そうなされ。結論を急ぐ必要はございませぬぞ。もっとも、下手の考え休むに似たりで、手遅れになってはなんにもなりませぬが。では、拙僧はこれで。もう少し稼がねば、今晩の飯が食えませせぬ」

歯のない口を大きく開けて、笑いながら覚蟬が手を振った。

薄汚れた墨衣を引きずりながら、去っていく背中へ黙礼して衛悟は、ふたたび道場への道を歩んだ。

多くの剣道場の稽古《けいこ》は午前中である。

弟子が少ない大久保道場も、朝だけは賑《にぎ》やかになる。

「珍しいな」

稽古着に着替えた衛悟を師範代上田聖が迎えた。

併右衛門の見送りや覚蟬との立ち話で、衛悟の道場入りが、いつもより小半刻《こはんとき》（約三〇分）ほど、遅くなっていた。

「ちと野暮用でな」

竹刀を手に、衛悟は答えた。

「誰ぞ、相手をしてくれぬか」

「お願いいたしまする」

衛悟の求めに、若い弟子が名乗りをあげた。

「西山《にしやま》か。よし、参れ」

青眼の構えを衛悟はとった。

切っ先に意識を集中することで、脳裏は澄みわたり、ただ相手の動きだけしか気にならなくなる。衛悟にとって、稽古は無心になれるときであった。

「やあぁ」

上段の竹刀を、西山が叩きつけてきた。

西山はとある西国の藩士である。国元で一刀流を学んでいた西山は、江戸に来てから涼天覚清流を学び始めた。十年以上の修行を積んできているだけに、真っ向からの一刀はなかなかの威力をもっていた。

「おう」

衛悟は青眼を少し斜めへあげて、受けた。

真剣勝負ではぜったいにやってはいけないことである。刀と刀をぶつければ、刃が欠けた。いや、下手すれば折れる。

しかし、格下の者を導く稽古では、あえて受けなければならなかった。かわしてばかりでは、撃ちこむ弟子が疲れるだけで、終わってしまう。受け、そしてはじき返すことで、勢いの違いなどを教えるのだ。

「くっ」

叩きつけた竹刀を、下から打ちあげられた西山が、うめいた。

「踏みこみが、半歩甘い。次」

衛悟は、もう一度撃ってこいと西山へ命じた。

「はい」

西山が構えなおした。

一刻（約二時間）ほどみっちり汗をかいて衛悟は、稽古をきりあげた。

井戸端で水を浴びた衛悟は、道場へ戻ると大久保典膳のもとへと向かった。

「しばし待て」

話しかけようとした衛悟を大久保典膳が制した。

「木村、左手の肘《ひじ》をもう少し早くたため」

「はっ」

「石崎《いしざき》、腰を落とさぬか。そのような浮いた姿勢で、いくら撃ったところで、人は斬れぬぞ」

「申しわけありませぬ」

的確な指示を大久保典膳が飛ばした。

「聖。替われ。衛悟、ついて参れ」

大久保典膳が、腰をあげた。

棟割《むねわ》り長屋を三軒ぶち抜いた道場と大久保典膳の自室は、板戸一枚で分けられている。

「座れ」

「失礼いたしまする」

大久保典膳の居室は、板敷きであった。衛悟は、膝をそろえて座った。

「で、なんじゃ」

「どういたせばよいのか、わかりかねておりまする」

衛悟は素直に告げた。

「なるほどな」

聞いた大久保典膳が腕を組んだ。

「たしかに難しいところだの。二人を守らねばならぬが、身は一つしかない。せめて江戸のなかならば、まだしも、旅にでられては、どうしようもないな」

「そのとおりでございまする」

衛悟は首肯した。

「おまえはどうしたいのだ」

大久保典膳が問うた。

「わかりませせぬ」

「己の心が見えぬか。そうよな。人の心ほど読めぬものはないが、己の思いを見つめることも難しい。衛悟」

「はい」

「儂がこうせよと言うは易い。しかし、納得できるか」

「……わかりませぬ」

ゆっくりと衛悟は首を振った。

「わからぬということはな、納得しておらぬのよ。衛悟、儂とそなたは主従ではない。臣ならば、主《あるじ》の命はどのようなものでも、受け入れなければならぬ。そこに理非の入る隙はない。しかし、師と弟子というのは、違う。師は理をもって弟子を導く。弟子は師に礼を尽くすが、忠をささげることはない」

大久保典膳が説明した。

「ゆえに、儂はどうせよとは言わぬ。ただ、一つだけ助言をくれてやる」

「…………」

聞き逃すまいと、衛悟は耳をすませた。

「後悔を恐れるな。人の一生など後悔の連続じゃ。あのときこうしておればと、何度もほぞをかむ。それが人なのだ。ただ、動かずに待つことだけはやめよ。意志をもってことをなせ。流されるな。他人の言葉にしたがうな」

「はっ」

「と言いつつ、このようなことを申すのは矛盾しておるが……」

苦笑いしながら大久保典膳が続けた。

「立花どのを襲うつもりならば、娘御は安全であろう。人質にとる意味がない。立花どのが死んでしまえば、娘御の価値はなくなる。もし娘御を害し、立花どのを生かしておけば、どうなる。奥右筆組頭を完全に敵にすることとなる。失礼な言い方であるが、娘御は、立花どのへの重石《おもし》でしかない。その重石を取り除く馬鹿はおるまい。もっとも、今回の旅の目的次第によっては、娘御を今から拐《かどわ》かし、立花どのになにかを求めるということもありえるがな」

「なるほど」

「もしそうなったとしても、挽回《ばんかい》のしようはあろう。娘御を助け出せば、ことはなかったも同じ」

一度瑞紀は伊賀者の手に落ちたことがあった。それを衛悟は戦って取り返していた。

「いかにも、そのとおりでございまする」

衛悟は目から鱗《うろこ》が落ちた気がした。

「相手の思惑にはまらぬようにな」

「ありがたく」

恩師の励ましを受け取って、衛悟は帰途についた。

立花家ではなく実家の門を衛悟はくぐった。

「めずらしいこと」

最近は朝餉《あさげ》以外立花家でとっている衛悟が、昼過ぎに帰ってきたことに兄嫁が驚いた。

「しばし、立花家で寝泊まりいたしまする」

「さようでございますか」

あっさりと兄嫁は認めた。すでに跡継ぎの息子が生まれた柊家にとって、当主の弟など邪魔なだけである。しばらくでもいなくなってくれれば御《おん》の字なのだ。

「兄にもその旨《むね》お伝え願いまする」

「はい」

兄嫁の了承をとった衛悟は、自室からあるだけの下帯を持ち出した。

「狭い部屋だったが、あらためて見ると愛《いと》しいものだ」

旗本の一門が無断で江戸を出ることは罪である。昔ほどうるさくなく、諸国修行など名目がつけばとがめられることはなくなったが、それは見て見ぬ振りをしてくれているだけで、無事ですむとはかぎらなかった。

「ここで朽ち果てるよりはましか」

下帯を風呂敷にくるみ、衛悟は部屋を出た。

「草鞋《わらじ》をとは言えぬか」

江戸で生活するならば、草鞋を使うことはない。草鞋を欲しがれば、江戸から離れることがばれてしまう。衛悟は、草鞋を立花家で調達することにした。

柊家と立花家は、隣同士である。両家の間をしきる生け垣には、小さな破れがあった。かつて衛悟は、その破れを使って隣家へおもむき、瑞紀と遊んだ。二人の間に男女という性が入りこんでから、遊ぶことも行き来することもなくなった。

「こんなに小さかったか」

かつてゆうゆうと通れた破れを、苦労しながらこえて、衛悟は立花家へと入った。

「どこからお見えになりますのやら」

庭から来た衛悟に、瑞紀があきれた。

「瑞紀どの。すまぬ」

衛悟は何も言わず、頭をさげた。

突然のことに驚いた瑞紀が、衛悟の手元を見て息を呑《の》んだ。

「その荷物は……」

「なにを……」

瑞紀が目を輝かせた。

「いってくださいますの」

「あなたを見捨てる形になる」

「なにをおっしゃいまする。わたくしのことはお構いくださいますな。女一人たしかに身を守るすべも持ちあわせておりませぬが、父を失うことを思えば」

大きく瑞紀が首を振った。

旗本の家に生まれた者の考えは瑞紀にも染みついていた。いや、武家の心構えというべきであった。

家がすべてに優先した。主君への忠義も、家の存続のためなのだ。暗愚な主君が藩を潰《つぶ》しかけたとき、家臣たちが叛乱《はんらん》を起こし、藩主を幽閉あるいは、交代させることがままある。これこそ証拠であった。藩が潰れれば、仕えている者たちの家もなくなる。

要するに侍の忠義は、主君ではなく藩へ捧げられるものであった。

それほど家は重要であった。家、いや、正確には禄《ろく》というべきである。禄は先祖の功績の証《あかし》であり、己の生活の糧《かて》で、そして子孫へ受け渡していかなければならない財産なのである。

立花家の場合は、併右衛門が家であった。当主の変死は家を失う大きな原因となる。なにより併右衛門が死ねば、跡継ぎの届けを出していない立花家は、断絶の憂き目を見ることになりかねなかった。

八代将軍吉宗の時代に、嗣子《しし》なくして家を絶やすことは、浪人を増やすだけと、末《まつ》期《ご》養子の制度が認められはしたが、それでもそのまま瑞紀にわたることはない。女は旗本になることはできなかった。となれば、適当な養子を探しだし、その者を婿養子として立花家を継がせることになる。

急養子となれば、こちらに選ぶ権利はなくなる。ろくでもない者が来て、結局立花家を潰しましたということになりかねなかった。

「かならず、立花どのを無事にお帰し申す」

衛悟は、そう約束することしかできなかった。

瑞紀から、予備の分まで入れて三足の草鞋をもらった衛悟は、小走りに併右衛門の後を追いかけた。

併右衛門よりまる一日遅れている。かといって街道を走るのは、目立ちすぎる。また馬を借りるほどの金もなかった。なにより、柊家の身分では馬に乗ることが許されていなかった。

三

「脇目もふらずでござるな」

高輪《たかなわ》の大木戸の陰から覚蟬が姿を現した。江戸と東海道を区切る大木戸は、毎日多くの人が潜《くぐ》る。

早足で急ぎ街道をのぼる衛悟の背中を、覚蟬が見送った。

「師僧」

覚蟬の後ろに二人の若い僧侶がついていた。

「奥右筆組頭を江戸から出す。それがどれほど奇異なことか、わからぬと思っておるのかの。幕府の連中は」

飄々《ひょうひょう》とした覚蟬の表情がけわしく変わった。

「奥右筆組頭を殺させるな。生きていればこそ証人となりえる」

「はっ」

若い僧侶がうなずいた。

「あの若侍はいかがいたしましょう」

「気にすることはない。もし、邪魔とならば、送ってやれ」

冷たい顔で覚蟬が命じた。

「朝明《ちょうめい》、夕暗《ゆうあん》、おぬしたちを外道に落とすことの罪は、儂が背負う」

覚蟬が苦渋の表情を浮かべた。

「いえ、師僧さまは、すべてを捨てられました。それに比すれば、我らが地獄に堕《お》ちることなど、些末《さまつ》」

朝明が首を振った。

「師僧さまは、三位の家柄に生まれ、天台宗《てんだいしゅう》きっての学識をうたわれておられた。大僧正の地位はもちろん、望めば叡山《えいざん》の執行《しぎょう》となられることもできたお身を、願人《がんにん》坊主にまで落とされて、朝廷へ尽くされておられる。それに比べれば、我らなどものの数にも入りませぬ」

同じように夕暗も、否定した。

「すまぬ」

覚蟬が頭をさげた。

「荒事となれば、儂では役に立たぬ。頼んだぞ。奥右筆組頭が目指したのは駿府じゃ」

「お任せを。参るぞ、夕暗」

「おうよ、朝明」

若い二人の僧侶が、大木戸を出ていった。

「先のある若い者を犠牲とし、老い先短い儂が生き残る。幕府に奪われた朝廷の尊厳を取りもどすためとは申せ、業の深いことよ」

小さく覚蟬が震えた。

「駿府と奥右筆、そこから導き出される答えは一つ。神君などと僭称《せんしょう》しておる家康にかかわること。家康の書付……あるならば、いただく。帝《みかど》のおために」

京へ向かって合掌《がっしょう》した覚蟬の去るのを待っていたかのように、木戸の上へ人影が浮かんだ。

「柊がやたら急いでおるなと思えば……奥右筆組頭が江戸を離れたのか」

冥府防人であった。

「神君家康公の書付か」

ふっと冥府防人が顔をゆがめた。

「僭称だったとはいえ、代々土佐守《とさのかみ》をなのる鎌倉以来の名門を、たかが与力の身分へ落としてくれたやつの筆」

甲賀者にとって家康ほど複雑な感情を持っている相手はいなかった。冥府防人が、田沼主殿頭《とのものかみ》意次にそそのかされたとはいえ、主筋である十代将軍家治の嫡男家基を暗殺した遠因はそこにあった。

「かといって、見過ごせる話ではない。家康の書付ともなれば、使いようによっては、甲賀衆を旗本へ引きあげることもできよう」

冥府防人が、ちらと背後を見た。

「報せに戻らずともよかろう。うまくいけば、御前にすがる必要などなくなる。失敗したところで、家康の書付を追ったとなれば、咎《とが》められることはない」

羽のように音もなく、冥府防人は地へ降りた。

三者から追いかけられる形となった併右衛門は、一日目の泊まり神奈川《かながわ》を出ていた。

旅慣れた者ならば、一つ先、程ケ谷《ほどや》まで足を伸ばすが、初めての併右衛門たちは、無理をしなかった。

「殿、お疲れではございませぬか」

若党の定矢《じょうや》が、気づかった。

定矢は、併右衛門が奥右筆組頭となったときに、雇い入れた。浅草で寺子屋をやっている浪人の長男である。筆がたち、併右衛門よりも能書ではあったが、剣術はからきしであった。

「大丈夫じゃと言い張りたいところだがの。やはり歳《とし》か。旅慣れておらぬこともあろうがな。ふくらはぎに張りがある」

併右衛門は苦笑した。

旅慣れていない者の失敗は、まだいけると無理をすることによるものが多かった。

併右衛門は、我《が》を張るほど愚かではなかった。

「なれば、少し早め早めに宿を取るようにいたしましょう」

「そうしたいところだが、箱根《はこね》ごえのつごうもある。小田原《おだわら》での泊まりは変えられぬ」

東海道最大の難所が箱根であった。箱根は小田原から三島《みしま》までのおよそ八里（約三十二キロメートル）で、峻険《しゅんけん》な山道を登り、そしてくだらなければならない。とくに畑の立て場をこえてから関所までは、何度も折り返す登り坂が続き、膝つき八丁、あるいは七曲《ななま》がりなどと呼ばれ、旅人たちの体力を奪っていた。

「小田原を早立ちにせぬと、その日の内に三島へ着けぬ」

「さようではございまするが、お足を痛められては、残りの道中に差し支えまする」

定矢が、諫《いさ》めた。

「わかってはおるがな。御用が待っておる」

併右衛門の足取りは、ますます重くなった。

「少しばかり距離はございまするが、今日は、平塚《ひらつか》まで参りましょう」

道中絵図を懐《ふところ》から出して、定矢が言った。

「平塚まで八里ほどございまするが、ここまで足を伸ばしておけば、小田原までは五里（約二十キロメートル）と少し。早めに陣屋へ入り、ゆっくりとお休みになられれば、箱根ごえも難しくはございますまい」

「うむ。そうするとしよう」

足に併右衛門は力を入れた。

小田原は、譜代名門大久保《おおくぼ》家十一万三千百二十九石の城下町である。東西二十五丁（約二・五キロメートル）、二千百軒以上の家が並ぶ、東海道有数の宿場町でもあった。

「明日あたりには来るだろうよ」

小田原一の宿屋小清水伊兵衛《こしみずいへえ》方二階から、東海道を見おろして田村一郎兵衛が言った。田村一郎兵衛は、併右衛門より三日早く江戸を発《た》ち、小田原に滞在していた。

「では、手はずどおり、三島からの帰りを待って……」

部屋の片隅に控えていた男が口を開いた。

「ああ。手抜かりのないように頼む。箱根の向こうまで誘いだしておきながら、失敗しましたでは話にならぬ」

「お任せを。箱根の山は草の一本まで知り尽くしております。いわば山全部が、味方のようなもの」

力強く男が胸を叩いた。

「さすがは、箱根山人足を束ねる山屋《やまや》だな」

満足そうに、田村がうなずいた。

小田原には箱根ごえの旅人の尻押しをしたり、荷物をもったりする人足が多くいた。もちろん山駕籠《やまかご》を担ぐ駕籠かきも人足のうちである。

山屋は、それらを束ねる親方であった。もっとも親方は表の顔で、裏では箱根の山を使っての悪事の総元締めであった。金のありそうな商人を殺して金を奪う、若い女を拐かして三島遊女に叩き売るなど、手を血に染めるなど気にもとめない悪人であった。

「品川の船屋とは、兄弟分の盃を交わした仲。その船屋からご紹介いただいたかぎりは、きっちり果たさねば、顔向けができませぬ」

山屋が請《う》けおった。

「他人目《ひとめ》につかぬよう、頼むぞ。幕府役人が襲われているというのを見られてはちとつごうが悪い」

「なあに、七曲がりで前後を塞《ふさ》いでしまえば、すむことで」

下卑《げび》た笑いを山屋が、浮かべた。

「これを」

懐から田村が、袱紗《ふくさ》包みを出した。

「代金ならちょうだいいたしましたが」

人足の親方とは思えないていねいな口調で、山屋が首をかしげた。

「これは、酒代よ。景気づけをさせてやってくれ」

田村は、袱紗をほどいた。なかから切り餅《きりもち》が一つ現れた。

「こんなに……」

さすがの山屋も息を呑んだ。

「たっぷり飲ませて喰《く》わせて、抱かせてやってくれ」

「お気遣い、畏《おそ》れ入りまする」

山屋が頭をさげて、切り餅を懐に入れた。

「獲物の顔を教えれば、拙者の用も終わる。せっかく小田原まで来たのだ。箱根の湯を楽しむとするか」

窓障子を閉めて、田村が上座へ腰をおろした。

「いや、その必要はございませぬ。役人ならば、本陣に泊まりましょう。本陣にもわたくしの手の者は入っておりまする。人相風体はこちらで調べますので、どうぞ。今からでもお出でなさってくださいやし。塔ノ沢《とうのさわ》でよろしければ、懇意にしております湯治宿《とうじ》がございますゆえ、そちらへ」

「うまいものを出すか」

「山のなかでございますれば、お口にあうような料理はありませぬが、猪や鹿など、江戸ではなかなか手に入らぬものをお出しするように申しておきまする」

「ほう、薬食いという奴か」

仏教の影響で、獣肉は忌避《きひ》されていた。食べるときは滋養強壮のためやむをえずと理由をつけ、薬食いと称した。

「精がつきまする。猪《いのしし》を喰《く》った後など、三日は女なしでおれませぬ」

「それほどか。これは楽しみだの」

田村が興味をもった。

「女もどうぞ、お連れくださいませ。遊女でも芸者でも、お好みの女を」

下卑た笑いを山屋が浮かべた。

「そうさせてもらおう」

さっそくにと、田村が立ちあがった。

先行する併右衛門たちへ追いつくことだけを考えていた衛悟は、後をつけてくる者に気づかなかった。

瑞紀が作ってくれた握り飯をかじりながら、夜旅をかけた衛悟は、翌日日のあるうちに平塚の宿へついた。

「おそらく追いついたと思うが、しかし……」

衛悟は平塚の宿で困惑した。

併右衛門の命を破り、瑞紀の守護を放棄して来たのだ。

「立花どのも頑固《がんこ》ゆえ」

まちがいなく同道は拒否されると衛悟にもわかっていた。

「ひそかに警固するしかないか。その前に腹ごしらえを」

衛悟は目についた煮売り屋へ、入った。

「飯と煮物を」

「へい」

出されたのは、麦が半分混じった黄色い飯と、醬油《しょうゆ》で煮染めた真っ黒な菜の煮物であった。

「おかわりを頼む」

煮物を一つ口にしただけで、衛悟はどんぶり飯を一杯片づけた。

「あと、握り飯を十個ほど作ってくれぬか。味噌《みそ》も少しつけてくれ」

併右衛門と同じ宿や店で飲み食いすることはできなかった。かといって別の店に寄っている間に、先発されてしまっては元も子もなくなる。衛悟は、明日の朝、昼の分の弁当を注文した。

　十分に腹を膨らませた衛悟は、平塚の宿のはずれにある地蔵堂を一夜の宿とした。

併右衛門たちが夜旅をかけることはない。衛悟は、横になるとすぐ寝付いた。

　衛悟のあとをついてきた二人の僧侶は、本陣を見張れる位置にたたずんでいた。

「ここで一夜を過ごすわけにはいかぬな」

　朝明が言った。

　僧侶が二人立っているだけでも衆目をひく。

「かといって本陣に襲い来る奴がおらぬともかぎらぬ」

　夕暗が懸念を口にした。

　衛悟よりも二人は、併右衛門の身にかかる危険を理解していた。

「交代で見張るか」

「うむ」

　朝明は、平塚にある天台宗の寺、光明寺《こうみようじ》へ向かい、夕暗が、残った。

　一人になった夕暗を、本陣の屋根上から冥府防人が見おろしていた。

「ご苦労なことだ」

　冥府防人が笑った。

「幕府役人を本陣で襲うなど、よほどの馬鹿でないとせぬわ。そのようなことがあれば、道中奉行が黙っておらぬ」

本陣宿は、道中奉行の管轄《かんかつ》である。道中奉行は、幕府でも重要な役職である勘定奉行が兼任している。勘定奉行の権限は、江戸市中、それも町人だけを支配する町奉行よりもはるかに大きい。

「併右衛門が襲われるとすれば、駿府の帰り。家康の書付を見てからであろう。表沙汰にできぬ役目を、途中で交代させるわけにもいくまい」

音もなく屋根から冥府防人が降りた。

「先に、駿府で待つとするか」

冥府防人が、闇へと溶けた。

四

翌朝、平塚の宿を出た併右衛門を見逃さなかった衛悟は、一丁（約百メートル）ほど後についた。

「みような」

慣れてる警固の任へ戻った衛悟は、すぐ二人の僧侶の存在を認識した。

「同じ歩調よな」

振り返るほど衛悟も素人ではなくなっていた。

背中に意識を集中して、僧侶の歩みをはかった。

「まちがいない。後をつけられている」

衛悟は、刀の柄に目をやった。剣士として身についた習性であった。

雨に降られたとき、水が入っては刀が錆《さ》びる。道中する侍は、雨よけとして柄袋《つかぶくろ》を使うのが心得である。だが、柄袋をしていては、とっさに太刀を抜くことができない。

ほんの少し衛悟は柄袋をしていなかった。

「気づかれたな」

衛悟の頭が左に揺れた。

「ああ」

夕暗の言葉を朝明が認めた。

「どうする。やってしまうか」

「いや。いざというときの盾くらいにはなろう」

朝明の提案を夕暗が否定した。

「ならば、少し間を空けようぞ」

僧侶たちが、歩みを遅くした。

「殺気……消えた」

一瞬の殺気を衛悟は感じとっていた。

「どういうことだ」

こちらの警戒を見抜かれた結果の殺気であろうと、衛悟は理解していた。しかし、殺気は霧散し、逆に僧侶たちは距離を取り始めていた。

僧侶たちは、当初の倍、二丁（約二百メートル）ほど離れた。

「みょうな」

衛悟は首をかしげた。

「拙者か、それとも立花どのか、どちらを……」

衛悟にも命を狙われる覚えがあった。

やむをえないこととはいえ、衛悟は多くの敵を斬ってきた。

人を斬ることは、恨《うら》みを買うことでもあった。

衛悟を襲ってきた連中にも人生があり、家族があった。刺客として襲いかかってきた者を斬った。誰が聞いても正当な行為であるが、斬られた者の身内にしてみれば、納得いくはずもない。

父を、兄を、息子を奪われた者の恨みは、衛悟へ向かうことになる。

「気を配っておればいいか」

二丁は、かなり遠い。全速力で駆けてきたところで、十分対処するだけの間はある。

「臨機応変にするしかないな」

見れば、併右衛門一行が中食のために、茶店へと入っていくところであった。

併右衛門、二丁離れて衛悟、さらに二丁遠くに二人の僧侶、奇妙な道中は、小田原をこえて箱根、三島、そして駿府へと続いた。

駿府は徳川にとって格別の地であった。

神と崇《あが》められる家康が、幼少、そして晩年を過ごした駿府は、天領として駿府城代が厳格に守っていた。

「ようやくついたか」

駿府城を見あげながら、併右衛門は息をついた。

家康が隠居の場として作りあげた駿府城は、規模こそ名古屋城におよばないものの、みごとな縄張りを誇っていた。戦国も終わりを告げたにもかかわらず、家康が、東を箱根、西を天竜川《てんりゅうがわ》に守られた駿河の地を選んだのは、江戸を敵に回すことも考えていたからだと一部で言われている。それほど駿府城は要害であった。

「まずは、駿府城代どのに面会を求めねば」

併右衛門は、くたびれた足を奮い立たせて、大手門へと向かった。

「奥右筆組頭、立花併右衛門でござる。ご城代さまへお目にかかりたい」

門衛の番士へ、併右衛門は用件を告げた。

「しばし待たれよ」

一人の門衛が、問いあわせに行った。

「城代さまが、お会いになる」

「かたじけのうござる。おまえたちはここにおれ」

供を残して、併右衛門は城のなかへ入った。

駿府城代は、本丸御殿で待っていた。

「北条安房守《ほうじょうあわのかみ》である」

「奥右筆組頭立花併右衛門にございまする」

併右衛門は、下座で頭をさげた。

駿府城代は老中支配で五千石高、役料二千石、駿府城の警衛を任とした。大番頭を経験した武方旗本から選ばれることが多く、勤めあげると西の丸側役などへ転じていく。しかし、在任中の死亡もかなりの数にのぼった。これは、家康の遺《のこ》した駿府城を預かることの難しさをあらわしていた。

「話は聞いておるな」

北条安房守が声をひそめた。

「御老中太田備中守さまより、概略は」

詳細までは知らないと併右衛門は答えた。

「それでよい」

じっと北条安房守が、併右衛門を見つめた。

「ことがことだけに、慎重を期さねばならぬ」

「はっ」

「長旅で疲れたであろう。宿舎は用意させた。今日は早めに休むがよい。明日、気を整えてから任にあたってくれ」

「お心遣いありがたく」

併右衛門はほっとした。

日ごろ、屋敷と江戸城の往復しかしない併右衛門が、およそ四十四里（約百七十六キロメートル）もの旅をしたのだ。家康の書付の真贋を見きわめるだけの気力が、なくなっていた。

「斎戒沐浴《さいかいもくよく》を忘れるな」

最後に念を押して北条安房守が、併右衛門にさがっていいと伝えた。

併右衛門たちは、門衛の案内で城内二の丸にある組屋敷へ着いた。

駿府城下には、城代に付属する与力十騎、同心五十人の他にも、駿府定番、駿府定番目付、駿府勤番《きんばん》などがいた。

そのほとんどが、城内にある組屋敷、あるいは長屋に居を定めていた。

併右衛門たちは、組屋敷の空きを与えられた。

「のちほど小者が参りまする。三度の食事など、ご入り用のものをお申しつけくださればお届けいたしますゆえ、お命じくだされ。代金は、我らは月末締めでございまするが、立花どのらは、いつお戻りになるや、わかりませぬので、面倒とは存じますが、日払いのほどを」

ていねいに門衛が教えてくれた。

「かたじけない。そうさせていただこう」

屋敷の玄関間口に腰掛けて、併右衛門は礼を言った。

「では、御免」

門衛が去っていった。

「風呂は使えるか」

併右衛門は、飯よりも湯に浸《つ》かりたかった。

「今調べまする」

中間が走っていった。

「疲れた」

定矢に草鞋を脱がさせて、併右衛門は座敷へあがった。

「気が重いわ」

明日には、家康の書付を鑑定しなければならない。併右衛門は、嘆息した。

翌朝、もう一度風呂をわかし、身を清めた併右衛門は、真新しい下帯をしめて、北条安房守のもとへと参上した。

「ご苦労である」

併右衛門を迎えた北条安房守がねぎらった。

「警固に手抜かりのないようにいたせ」

「はっ」

言われた駿府定番たちが、請《う》けた。

「よし。一同、遠慮いたせ」

北条安房守が人払いを命じた。

「今少し明るいところはございませぬか」

場所は、本丸御殿の奥である。四方を襖で締めきっているため、欄間《らんま》から入るわずかな日の光と、燭台《しよくだい》がつくり出す灯だけしかなかった。

「ならぬ。外に面した部屋では、誰に見られぬともかぎらぬ」

一考だにせず、北条安房守が拒否した。

「いたしかたございませぬ」

併右衛門はあきらめた。

「書付はどちらに」

「しばし待て」

北条安房守が立ちあがって、床の間近くの戸袋を開いた。なかから漆《うるしぬ》塗りの箱を取りだし、封緘《ふうかん》した紙を破った。

「これじゃ」

それ以上は触れず、北条安房守が、漆塗りの箱を、併右衛門の前に置いた。

「開けさせていただきまする」

「うむ」

北条安房守の許可を待って、併右衛門は静かに蓋《ふた》を取った。なかには紙の固まりがおさまっていた。

「かなり厳重な」

併右衛門は固まりを取りだし、慎重に油紙をはずした。油紙三枚、白紙二枚にもおよぶ厳重さであった。

「これでございまするな」

「…………」

無言で北条安房守が首肯した。

併右衛門は、手にした書付を、一度頭上に掲げ、一礼した。

「拝見つかまつりまする」

ゆっくりと気を遣いながら、奉書紙を開いた併右衛門は、一字一字を追った。

「これは……」

併右衛門はちらと北条安房守を見た。

「内容は奥右筆が読むべきものではない。神君さまのお手蹟か」

中身を読んだ併右衛門を、北条安房守が叱った。

「失礼ながら、真贋を見きわめるに、文意も重要でございまする」

「……やむをえぬ」

北条安房守が許可した。

「義直儀、代を譲りたるおりは、付け家老の任を解き、譜代の座へ戻しそうろうこと……」

併右衛門は頭のなかで書付を読んだ。

悪筆無学であった豊臣秀吉を始め、戦国の武将たちは、ほとんどの場合自ら筆を執ることはしなかった。

右筆に口述筆記をさせ、花押を入れるだけで終わらせた。文章の文字は参考とならなかった。

「御免」

内容を確認した併右衛門は、書付の末尾を燭台に近づけた。

「気をつけよ、燃やすな」

焦《あせ》った声で北条安房守が注意した。

「ご懸念なく。なにとぞお平らに」

併右衛門は、静かにしてくれと頼んだ。

「う、うむ」

「…………」

燭台のほの黄色い灯《あか》りに、家康の花押が浮きあがった。

家康は生涯で二回花押を変えていた。一つ目は、まだ松平元康《もとやす》と名のっていたころのもの、二つ目が家康と改名した直後に使用したもの、そして関ヶ原の合戦前後から使い始めたものである。

内容からいって、最後の花押以外であれば、あきらかな偽物である。

「花押の形は正しい」

併右衛門は独りごちた。

「本物か」

北条安房守が問うた。

「いましばし……」

じっと併右衛門は目をこらした。

家康の花押は、康の文字をもとにしていると言われていた。

「地の一筆に対し、天が右斜めへ上がっているところ、地を突きぬけた左柱のはねも、右柱の二山の大きさ……」

併右衛門は、花押の特徴を一つ一つ記憶と照らしあわせていった。

「どうじゃ」

北条安房守がふたたび急《せ》かした。

「あと一つだけ」

書付から目を離さずに、併右衛門は言った。

書付を裏返した併右衛門は、少し灯に近づけて裏から透かしてみた。

花押などを似せて作る場合、どうしても形を合わそうとして筆の勢いが弱くなる。とくに一直線の筋へ墨の濃淡として現れることが多かった。

「かすれも異和ないか」

併右衛門はもう一度全部の箇所を確認した。

「わかったのか」

書付をもう一度頭上に掲げた併右衛門へ、北条安房守が待ちきれぬと質問した。

「確定を申しあげるには、幾人かの右筆の目をとおさねばなりませぬが、ほぼ神君家康さまのお手と申しあげてよろしいかと拝察つかまつりまする」

　姿勢を正して併右衛門は告げた。

「そ、そうか。神君のお手蹟《しゅせき》か」

　北条安房守が震えた。

「た、たしかにまちがいないのだな」

「おそらく」

　併右衛門は保証を避けた。

「わかった。書付を箱へお戻しせよ」

　家康の真筆となれば、扱いは将軍家へ対するものに準じなければならない。

　併右衛門は書付を厳重に油紙へと包みなおし、漆の箱へとしまった。

「ただちに江戸へその旨《むね》を報せなければならぬ」

　偽物ならば、駿府城代の権限で破棄できたが、本物となれば、江戸へ運んで、老中たちの手にゆだねることになる。

「では、わたくしはこれにて」

　用件は果たした。併右衛門は、北条安房守へ別れを告げた。江戸では大量の仕事がたまっているはずであった。

「待て」

頭をさげた併右衛門を北条安房守が止めた。

「文書の取り扱いにおいて、奥右筆に勝《まさ》る者はおるまい。江戸からの返答が参るまで、駿府に滞在いたせ」

「それでは、お役目が滞《とどこお》りまする」

併右衛門は、驚いた。

「神君さまの御用ぞ」

「それは……」

幕臣として家康の名前を出されれば、逆らうことはできなかった。

「早馬をたてるゆえ、遅くとも五日の間には、江戸からの命が下ろう。それまで待て。ゆっくりと城下を見物するもよし。なれど駿府を出ることは許さぬ」

きびしく北条安房守が述べた。

「はっ」

併右衛門はしたがうしかなかった。

北条安房守が漆の箱をふたたび戸袋へ戻すのを、併右衛門の他にもう一人が見ていた。

「付け家老にかかわる書付か」

興味を失った口調で、冥府防人がつぶやいた。

「奪っても意味がないな。どれ、御前さまへ報せに戻るか」

冥府防人は、風のように駿府を去った。


併右衛門は鬱々《うつうつ》としていた。

組屋敷を出たとたん、回りを取り囲むように見張りの同心が数名姿を見せるのだ。城下を見物しようにもうっとうしくてたまったものではない。併右衛門は、することもなく日を無駄に過ごすこととなった。

「どうなっておるのだ」

併右衛門が江戸へ戻るのを待っている衛悟も、状況が見えず苦心していた。衛悟は城下の木賃宿《きちんやど》に泊まっていた。

木賃宿は、一日の泊まりは安いが、食事はもちろん夜具もついていない。すべて別料金なのだ。衛悟は、夜具もなしでごろ寝し、食事は城下の煮売り屋ですませ、朝から晩まで駿府城の出入りを見張っていた。

「いつまで金が持つか」

衛悟は併右衛門からもらった金をすべて持ってきていたが、稼いでいるわけではない。一日一日手持ちが減っていく心細さに、焦《あせ》っていた。

北条安房守が五日と言っていた返事は、三日遅れて八日目についた。

呼びだされて併右衛門は、駿府城へ登った。

「江戸までお墨付きを運ぶようにとの命である」

本物となったことで、書付はお墨付きと称された。

「どなたさまが……」

併右衛門はお目見え以上だが、家康のお墨付きを運ぶにふさわしい身分とはいえない。

「すでに江戸より側役が、進発したそうじゃ」

「さようでございましたか」

ほっと併右衛門は肩の力が抜けた。

側役は、将軍家の近くにあっていろいろな用を果たす役目である。役人のもとへ使者として立つことも多い。家康のお墨付きを江戸へ運ぶに最適な人選であった。

「ついては、老中太田備中守さまより、おぬしへ伝言がある」

「備中守さまよりでございますか」

併右衛門は嫌な予感がした。

「うむ。側役と同道いたし、江戸までお墨付きをお守りせよとのことである」

北条安房守が告げた。

「……承知いたしましてございまする」

拒否することは、役目を失うことでもある。

苦い思いを噛《か》み殺して、併右衛門は承諾した。

第四章　旅路の闘

一

源を中心とする木曾衆《きそしゅう》の江戸城への侵入は中止された。

「奥右筆組頭《おくゆうひつくみがしら》が一人、江戸を離れたらしい」

成瀬民部少輔《みんぶしょうゆう》のもとにもことがもたらされるほど、幕府の機密はだだ漏《も》れであった。

「それが、我らとどのような関係で」

わからないと源が問うた。

「金は無駄にならぬということだ」

笑いながら成瀬民部少輔が、胸を張った。

付け家老という陪臣《ばいしん》から譜代《ふだい》へ戻りたいと、元和《げんな》の昔から願っている成瀬家は、ときの幕閣たちへの付け届けを怠《おこた》らなかった。それ以上に御殿坊主《ごてんぼうず》たちを手厚くもてなしていた。

家康が遺《のこ》した書付《かきつけ》の一件も、御用部屋坊主からもたらされたものであった。

「付け家老を譜代へ戻すと、神君家康公が確約された書付が見つかったらしい」

「家康さまの書付が」

源も息を呑《の》んだ。

「それさえあれば、尾張の養子などどうでもいい」

成瀬民部少輔が、竹腰との約定《やくじょう》は捨てたと述べた。

「されど書付がなくなれば、大きな機会を失うことになる」

家康の書付の威力は、成功するかどうかわからない尾張《おわり》の養子に敦之助を迎える話よりあった。

「では、われらが……」

すぐに源が理解した。

「うむ。その書付を闇から闇へ葬り去られぬよう、奪い取ってもらいたい」

なまじ政《まつりごと》の闇を知っているだけに、成瀬民部少輔は不安を感じていた。幕府にとってつごうの悪いものは、すべて隠されると思いこんでいた。また、そう考えるのが当然であるほど、幕府はいろいろなものを潰《つぶ》してきていた。

「そのようなことをして、よろしいのでございまするか。かえって書付を闇へ沈めてしまいかねぬのでは」

奪い取られた書付を表に出すことは、犯人が己《おのれ》だと自白するに等しい行為であった。

「大丈夫じゃ。襲われて奪われましたなどと言えぬからな。そのような恥を幕府がかくものか。警固《けいご》していた者すべてを罰するだけではおわらぬのだぞ。それらを人選した老中も責任を問われるのだ。なにもなかったことにしてごまかすだろう。いや、書付が見つかったことさえ、消し去るであろうよ」

成瀬民部少輔が自信ありげに言った。

「そうなのでございましょうが、だからと申して、書付を持っているというのは……」

「少しときをおけばいい。老中が替わるまでな。己のつごうの悪いことなど、後継へ申し送りなどせぬ。失策は葬られるのが常。そこまで待てばいい。書付が本物なれば、誰も文句は言えぬ」

「それがとおるのでございまするか」

源が驚愕《きょうがく》した。

「これが政というものよ」

はっきりと成瀬民部少輔が告げた。

「木曾まで呼びにやった者どもは、まだか」

「明日には参りましょう」

「それでは間に合わぬかも知れぬ。かと申して三名では心許《こころもと》ないな」

「ご懸念にはおよびませぬ。たかが幕府の旗本ていど、我ら三名で十分でございまする」

心外なと源が、胸を張った。

「信じておる。信じてはおるが、このような機会は、おそらく今後百年ないであろう。慎重の上にも慎重を期さなければならぬ」

「……仰《おお》せはわかりまする」

木曾衆も尾張藩士への道がかかっているのだ。成瀬民部少輔の後押しが必要である。飲みこみがよくなるのも当然であった。

「では、中山道《なかせんどう》を下って参る者たちと合流いたし、万全の態勢をもってことにあたりまする」

源が引いた。

「うむ。頼んだぞ。無事、書付を奪った暁《あかつき》には、尾張藩士となすこと確約してやろう。源、そなたは木曾衆頭《かしら》として五百石、他の木曾衆も二百石をな」

「五百石でございまするか」

六十二万石の大藩尾張でも五百石をこえれば、上士《じようし》であった。

「だが、失敗いたしたおりは、わかっておろうな。二度と木曾衆のお取り立てがなくなるのはもちろん、木曾にも住めぬようにいたしてくれる」

餌《えさ》と罰を成瀬民部少輔が見せつけた。

「三日前、神君の書付を迎えに側衆が江戸を離れたという。明日には駿府に着こう。出立《しゆつたつ》は明後日あたりになるはずじゃ」

「駿府からの帰りを狙うとならば、やはり箱根がよろしいかと」

すぐに源が計画を立てた。

「うむ。箱根は関所近くさえさければ、他人《ひと》の目もない。昼なお暗い森のなかとなれば、いかようにでも……な」

成瀬民部少輔が、首肯《しゆこう》した。

「お任せを。では、ごめん」

源が、下がった。

すでに日は落ちていたが、源たちは躊躇《ちゆうちよ》することなく江戸を離れた。

「夜の間に合流するぞ」

馬なみの疾《はや》さで源たち木曾衆が、甲州街道を駆けた。

四月の初めとはいえ、初夏の陽気で、夜旅をかける者も散見された。他人目を気にすることなく、木曾衆は急いだ。

木曾からならば、中山道で江戸へ入るより、諏訪《すわ》で甲州街道へ回ったほうが、早い。中山道より道は悪くなるが、木曾衆にとって山は平地よりも馴染《なじ》みであった。

八王子《はちおうじ》を過ぎたところで、源たちは、前方から来る一団に気づいた。

「杉一」

「頭」

木曾衆が合流した。

「何名だ」

「わたくしをいれて十五名」

杉一が答えた。

「十分じゃ。五名江戸へ向かい、成瀬さまの指示にしたがえ。楡一《にれいち》、おまえに任せる」

源は江戸から行動をともにしてきた配下へ命じた。

「承知。そこの四名ついてこい」

楡一が、踵《きびす》を返した。

「残りは、甲府から身延《みのぶ》街道を通って東海道へ出る」

「なにをいたすのだ、頭」

木曾から出てきたばかりの若い男が問うた。

「箱根で、幕府の役人を襲う」

「そのようなことをして大事ないのか」

年嵩《としかさ》の木曾衆が危惧《きぐ》を口にした。

「成瀬民部少輔さまのご命《めい》ぞ。二の足を踏んでいては、永遠に我らは日の目を見ぬ。虎穴《こけつ》に入《い》らずんば虎子《こじ》を得ずという。徳川家康公も関ヶ原《せきはら》の戦いで勝利を手にしたればこそ天下を手にした」

「それはそうだが……」

幕府の畏怖《いふ》は、なかなか払拭《ふっしょく》できるものではなかった。

「手を汚さずに、実りだけを我がものにできるはずなどない。気の進まぬ者は、木曾へ帰れ。ただし、ことが成就したときの栄誉には預かれぬと思え」

きびしく源が、断じた。

「…………」

初老の木曾衆が黙った。

「行くぞ」

源の言葉に、木曾衆は無言でしたがった。

駿府で待ちくたびれていた併右衛門のもとへ、城代から登城せよとの通知が来た。

「やれやれ、やっと帰れるぞ。仕度《したく》をすませておけ」

併右衛門は、定矢に命じると、身形《みなり》をあらためて組屋敷を出た。城代と中年の旗本が、待っていた。

「奥右筆組頭立花併右衛門でございまする」

下座で併右衛門は手をついた。

「そなたが、立花か。側役永井玄蕃頭《そばやくながいげんばのかみ》である」

上座で、中年の旗本が名のりをあげた。

側役は側衆とも称され、将軍と老中若年寄の間をとりもった。五千石高、認められればお側御用取次《ごようとりつぎ》へ抜擢され、政にかかわることもできた。名門旗本のなかでもとくに優秀な者が選ばれ、なかなかの権威を持っていた。

「神君家康公のお墨付きを江戸まで運ぶ手伝いをしてくれるそうだの。よろしく頼むぞ」

側衆といえども奥右筆組頭の機嫌を損ねると、ろくなことはない。永井玄蕃頭は、ていねいな口調であった。

「いえ。お手伝いなどと仰せられては、畏《おそ》れ入りまする。ご遠慮なく、なにごとでもご命じくださいますように」

併右衛門も、丁重に答えた。

「さっそくではあるが、明早朝に出立いたしたいと思う」

「はっ。承知つかまつりましてございまする」

「お墨付きは、明日、大手玄関で手渡す。それまでは、儂《わし》が預かりおく」

二人の対面に同席していた駿府城代北条安房守《あわのかみ》が、口をはさんだ。

「よしなに」

永井玄蕃頭が、北条安房守へ頭をさげて会見は終わった。

旅というのは金がかかった。

一日百文ほどの木賃宿とはいえ、十日泊まると千文、一分金一枚が消えた。さらに食事代も馬鹿にはならなかった。飯一膳とおかず一つで六十文はかかる。一日三度で百八十文、十日分で二分使った。他に湯屋の代金もかかる。衛悟の懐《ふところ》は、底をつきかけていた。

「幾日かかるのだ。江戸までもたぬぞ」

焦《あせ》りを衛悟は感じていた。

また、旅はかなり力を必要とした。江戸まで四日ほど、泊まりは宿場外れの寺や地蔵堂などですませたとしても、飯は喰《く》わねばならない。空腹で歩くのは辛《つら》い。なによりいざ戦いとなったときに、腹が減っていてはどうしようもなくなる。

「今日から野宿するしかないな」

木賃宿の金さえ、衛悟にはきびしくなっていた。

朝明と夕暗は、衛悟ほどせっぱつまってはいなかった。宗派が同じ城下の寺で寝泊まりしていたからである。

「長いの」

毎日駿府城の大手門前で托鉢《たくはつ》を装いながら、併右衛門が出てくるのを待っていた二人にも飽きが見えてきていた。

「そろそろではないか。昨日騎乗の旗本が城へ入った。動きが出るとすれば、今日明日であろう」

夕暗が大手門から目を離さずに告げた。

名門旗本には、裏金輪抜きのかぶりものが許されている。夕暗は、永井玄蕃頭の姿を見逃していなかった。

「ふうむ。ならば、明日か。すでに昼近い。出立するにはちと刻限が遅かろう」

衛悟の背中を見つめながら、朝明が言った。

「明日だな」

二人の僧侶は顔を見あわせた。

家康のお墨付きが城を出る。

駿府城は夜が明ける前から、非番の者たちまで動員して厳戒態勢をとっていた。

大手門にはかがり火が焚《た》かれ、槍《やり》を立てた同心たちがずらりと並んだ。

「では、以後を任せる」

奥の間で、北条安房守からお墨付きを併右衛門は受けとった。

道中でのお墨付きは併右衛門の管轄《かんかつ》である。江戸城に入るまで併右衛門が預かった。

預かったとはいえ、家康の真筆を懐に入れたり、背負うことはできない。

「御駕籠《おかご》を」

玄関式台に駕籠が待っていた。

併右衛門は、家康のお墨付きを漆《うるし》の塗り箱へ入れたままで駕籠に乗せた。

「ご出立」

行列が動きだした。

前後を先手組同心《さきてぐみどうしん》が、駕籠脇には小十人組士《こじゅうにんぐみし》の警固をうけて、家康のお墨付きは江戸へと向かった。

「立花」

駕籠前を騎乗で進む永井玄蕃頭が、声をかけた。

「はっ」

併右衛門は足を早めた。

「お墨付きじゃが、江戸へ戻ってからどうなるのだ」

何年も、いや百年以上家康の真筆は見つかっていなかった。旗本の俊英と呼ばれる側衆も前例を知らなかった。

「さすがにお墨付きを迎えた前例は、ございませぬ。おそらく駿府お分けものの次第にしたがうことになろうかと愚考つかまつりまする」

奥右筆は知らないと言えなかった。幕府にかかわるすべての書付を取り扱い、前例慣例につうじていることが求められる役目なのである。わからないので調べまするは許されても、知らないはとおらなかった。

「駿府お分けものか」

永井玄蕃頭が、くりかえした。

駿府お分けものとは、家康の遺品のことだ。

元和二年(一六一六)、大坂の豊臣家が滅ぶのを確認して家康は死んだ。駿府に隠居していた家康は、天下人にふさわしいだけのものを遺し、その膨大な遺品は秀忠と御三家へと分割された。

「はい。駿府お分けものの記録によりまするると、品川《しながわ》へ着いたところで、先触れが出ました。先触れを受けたお城では、上様自ら大手玄関式台までお迎えに出られまする」

「上様がか」

聞いた永井玄蕃頭が、驚愕した。

家康、秀忠、家光、さがって綱吉《つなよし》までは、将軍の外出、世に言うお成りがよくおこなわれていた。しかし、それも家重のころから途絶え、当代家斉にいたっては、ほとんど江戸城から出ることはなかった。中奥へ籠《こ》もっているにひとしい家斉を玄関まで連れ出す。それだけの権威が、お墨付きにはあった。

「ただ、駿府お分けものは、相当な数にのぼりましたゆえ、玄関先ではお渡しもなく、大広間へ運びました後、お披露目となりましてございまする」

併右衛門は、続けた。

「ふうむ。今回はお墨付き一つだけじゃ。となれば、お玄関先で上様へ、儂《わし》からお渡しすることになるか」

「お玄関先は、よろしくございますまい」

隣近所へ到来物を分けるのとは違う。併右衛門は首を振った。

「かと申して、大広間はあまりでございまする。勅使応答に準じ、黒書院《くろしょいん》か、白書院《しろしょいん》でお受け渡しが相当ではございませぬか」

「なるほど、朝廷から将軍家へ年賀の挨拶《あいさつ》として送られる勅使との遣《や》り取《と》りを前例とするか。さすがに奥右筆組頭じゃ。なかなか博識である」

永井玄蕃頭が併右衛門の知識に感嘆した。

「しかし、その次第を江戸ではわかっておるのかの」

「同役加藤仁左衛門がおりまする。ご安心くださいますよう」

「そうか。そうじゃの」

返答に永井玄蕃頭が、首肯した。

多くの旗本御家人に囲まれた併右衛門を、衛悟は唖然《あぜん》として見送った。

「な、なにがあったのだ」

事情をわかっていない衛悟は、なぜ併右衛門が行列の中心にいるのか理解できなかった。

「あれはまちがいなく併右衛門どのであった」

一人で確認して、衛悟は、二丁（約二百メートル）ほど間を空けて、行列のあとについた。

さらに衛悟より離れて朝明と夕暗が、つけていた。

「書付は本物と決まったな」

「ああ」

行列のものものしさは、かえってなにかあると周囲に報《しら》せていた。

「来るか」

「だろうな。家康の書付ともなると、いろいろ利害もからんでこよう。なにより覚蝉さまが、注意せよと言われたのだ。無事ではすむまい」

「地を撃つ槌《つち》ははずれても、師僧の予見はかならず当たるからな」

二人の僧は、手にしていた杖を鳴らした。

二

甲府から伸びる身延街道は、奥津《おきつ》で東海道に合流する。

駿府を出た行列を、奥津で木曾衆が待っていた。

「来たな」

源義辰が、つぶやいた。

「多いぞ」

中年の木曾衆が、目を見張った。

「ひの、ふうの……全部で二十八名もおる」

数えた中年の木曾衆が、震えた。

「泰平に馴《な》れた旗本など、どれほどのことがある」

杉一が、臆病《おくびょう》を笑った。

「うむ。杉一の言うとおりよ。たしかに平地で戦ったならば、数は馬鹿にできぬ。だが、山中となれば話は別じゃ。山も木も谷も、皆我らが味方ぞ。敵があの倍おっても、負けることなどない」

うなずいた源が一同を鼓舞した。

「なれば、やはり……」

「箱根で襲う」

源が強い口調で告げた。

初日を蒲原《かんばら》で過ごした行列は、二日目の夕刻、三島へと入った。

三島は箱根の麓《ふもと》にある宿場として栄えていた。北条《ほうじょう》以来の城下町として発展してきた小田原ほどではないが、町並み五丁（約五百メートル）、家数二百軒をこえる。

行列は本陣樋口伝左衛門《ひぐちでんざえもん》方で一夜を過ごした。

大名の参勤は、料理する者から材料まで持ちこむ。しかし、幕府の行列はそこまで無駄はしなかった。本陣の供する食事を摂《と》ったあと、明日の箱根ごえに備えて早めに就寝した。

「ここまで来ておいて、噂《うわさ》の三島女郎の香りを嗅《か》ぐこともなしか」

お墨付きが安置されている奥の間前で宿直《とのい》にあたる先手同心の一人がぼやいた。

三島明神の門前町でもあり、箱根山越えの祝い宿でもある三島は、一大遊郭ともいうべき形態をしていた。

宿場町にあるほぼすべての宿屋には、飯盛り女と称する遊女があふれている。道行く旅人の袖《そで》をつかんでの客引きが三島名物とされるほどであった。

「しかたあるまい。神君家康さまのお墨付きを警固しておるのだ。斎戒沐浴《さいかいもくよく》せねばならぬ。生臭物《なまぐさもの》を口にすることはもちろん、女を寄せつけるなど言語道断。組頭さまに聞こえてみよ。役目を離されかねぬぞ」

やはり宿直を命じられた同役が、たしなめた。

「しかし、嫌な日の宿直よな。明日は東海道最大の難所箱根山ぞ。寝ずの番の翌日に、山登りは、ちときつい」

「たしかにの」

顔を見あわせて二人の同心が笑った。

「馬鹿どもが……」

家康のお墨付きを安置した奥の間の隣で、夜具に身を横たえていた永井玄蕃頭が、同心たちの私語につぶやいた。

「しかし、無理もないか。旅など疲れるだけだからの」

お先手組同心は、戦場における足軽であった。戦《いくさ》となれば重い鎧《よろい》を身につけ、長い槍《やり》や鉄砲を担《かつ》いで日に十里（約四十キロメートル）以上行軍した。そのお先手組同心が、現在ではこのありさまであった。それは泰平になれた幕府全体のゆるみでもあった。

咎《とが》めることなく永井玄蕃頭は目を閉じた。

その少し前、三島の本陣から一人の奴《やっこ》が走り出た。

奴は、間道をとおって関所を抜け、夜明け前に小田原へと到着した。

「そうか、三島に来たか」

報告を受けたのは、山屋《やまや》であった。

「すぐに人数を集めろ。七曲《ななま》がりで待ち伏せする」

山屋が号令を発した。

箱根の関所は、明け六つ（午前六時ごろ）に開き、暮れ六つ（午後六時ごろ）に閉じられた。急ぎの旅をかける者たちは、夜明け前に宿場を出て、関所前で開門を待つ。

三島の宿は早立ちの客で、明け六つ前からざわついた。

「出立」

樋口伝左衛門の見送りを受けて、行列が三島の宿を後にしたのは、明け六つ半（午前七時ごろ）を過ぎていた。

三島の宿から関所までは、ほぼずっと登りになる。将軍の駕籠かきたる陸尺《ろくしゃく》たちは、歩調を合わせるため、駕籠を横にし、並んで担ぎ始めた。坂がきつくなるにつれて、足並みは遅くなった。

それだけではない。馬上で坂道のかたむきに身体《からだ》を支えきれなくなった永井玄蕃頭が、徒歩《かち》となったことも響いた。草鞋《わらじ》を履《は》いたこともない永井玄蕃頭は、すぐに肉刺《まめ》を作って足を引きずり始めた。

行列の歩みは、一気に落ちた。

「くっ……」

永井玄蕃頭が、つらそうに顔をゆがめた。

「大丈夫でございまするか」

永井玄蕃頭を併右衛門は気遣《きづか》った。

「履き慣れぬものは、きついな」

足を止めて、永井玄蕃頭が、従者に草鞋の具合を調節させた。永井玄蕃頭が行列頭である。その永井玄蕃頭が足を止めれば、行列も歩みをやめることになる。

「しばしご休息なされまするか」

併右衛門は、あたりを見まわした。少し登ったところに、開けたところがあった。

「あそこで、一度草鞋を脱がれては」

「そうさせてもらおう」

永井玄蕃頭が同意した。

予定にない休息などをたびたび取ったことで、行列が関所に着いたときには、昼を大きくこえていた。箱根山を一日でこえたい旅人たちにとっては遅い刻限である。関所にはほとんど人影がなかった。

「神君家康公お墨付きである」

箱根の宿に入ったところで、馬上に戻っていた永井玄蕃頭は、平伏する関所番頭たちを見おろしながら、関所をこえた。

入り鉄砲と出女にうるさい箱根の関所だが、旗本は名を名乗るだけで通過できた。

「諸国剣術修行中でござる」

旗本の次男と名のった衛悟は、行列のすぐ後に関所を出られた。

「関所か」

朝明と夕暗が顔を見あわせた。

僧侶は、所属している寺が発行する手形を見せれば、通過できた。しかし、手形をあらためる役人は一人しかいない。しかも、いろいろと作法もあり、すぐに通ることはできなかった。

「なあに、行列の歩みは遅い。追いつける」

しかし、朝明と夕暗は、関所で足止めを食い、行列からかなり遅れることになった。

「ここからは下りになりまする」

併右衛門は、永井玄蕃頭に告げた。

「降りたほうがよいか」

足がまだ痛い永井玄蕃頭としては、馬に乗っていたいのだろう。口調が弱かった。

「登りより下りのほうが、きびしいと申しまする」

しずかに併右衛門は諭《さと》した。

みごとな毛並みの馬ではあったが、山道を行ったことなどないに違いなかった。人も馬も経験していないことには弱い。馬が足をくじいたりしては、おおごとであった。

「わかった」

しぶしぶ永井玄蕃頭が馬から降りた。

関所をすぎて少し行くと七曲がりである。

駕籠を中心とした行列は、先頭から末尾まで二十間（約三十六メートル）以上の長さがあった。

「来たぞ」

下り始めて二つ目の銚子坂《ちょうしざか》を挟むように二手に分かれて、木曾衆が潜《ひそ》んでいた。

銚子坂はその名のとおり、先が細く根本で拡がる形をしていた。銚子の首にあたるところは、かなり細く、人が二人並んでとおるのも難しくなっていた。

先触れの同心たちが坂を曲がって見えなくなった。

「やれ」

待っていた源が合図した。木に溶けこんでいた木曾衆が、まず先触れの同心たちへと襲いかかった。

「うわっ」

「ぎゃあ」

角の向こうから悲鳴がした。

「騒ぐな」

永井玄蕃頭が怒鳴《どな》った。

「家康公のお墨付きを運んでおるのだ。ふざけるでない」

先手組同心たちに緊迫した思いがないことを、永井玄蕃頭は知っていた。

「玄蕃頭さま、あれは違いまする」

あの悲鳴には命を奪われる者だけが発する悲愴が含まれていると、併右衛門は気づいた。

「な、なにやつ」

「や、やめろ」

ふたたび泣くような声が届いた。

「なんだ、なんなのだ」

まだ永井玄蕃頭は混乱していた。幕府の権威は絶対である。その幕府において神とあがめられる家康の遺物を運ぶ行列へ狼藉《ろうぜき》を働く者がいるとは、思えなかった。

「陸尺。御駕籠を関所へ戻せ」

併右衛門は、怒鳴った。

「よ、よろしいので」

陸尺たちがとまどった。行列の差配《さはい》は、併右衛門ではなく、永井玄蕃頭である。陸尺たちに命じる権限を併右衛門はもっていなかった。

「家康さまのお墨付きになにかあればどうするというのだ」

急げと併右衛門が叱《しか》りつけた。

「しかし……」

慣例を破ることは、責任を負うことになる。陸尺は決断できなかった。

「曲者《くせもの》だあ」

ようやく行列の前方から、叫びがあがった。

「……曲者だと。どこの誰が」

永井玄蕃頭が、呆然《ぼうぜん》とした。

「刀を抜け」

固まっている小十人組士へ、言いながら併右衛門は太刀を鞘走《さやばし》らせた。

小十人組は、少禄の旗本の次男以降で、武芸につうじた者から選ばれる。その小十人組が動かなかった。いや、動けなかった。

「刀を……抜くのか」

鯉口《こいぐち》三寸きれば切腹との決まりが、小十人組を縛《しば》っていた。

「役立たずな。このようなときに、衛悟がおれば……」

先触れの同心たちを片づけた敵が、迫ってくるのを見ながら、併右衛門は、一人太刀を構えた。

「なんだ」

行列が止まったことに衛悟は気づいた。

「何度目だ」

三島を出てから何度も何度も、休憩をとったのを見ている。衛悟は、またかとあきれた。

行列との距離を守ろうと、足を止めた衛悟は、かすかな気配を感じた。

「……殺気」

目をこらした衛悟は、行列の後方、森のなかにうごめく人影を見つけた。

「これほど近づくまで……」

まったくわからなかったことに驚愕しながらも、衛悟は走った。

走りながら衛悟は太刀を抜いた。

居合いならば、鞘内で勝負を決する。しかし、太刀打ちでは先に抜いているほうが有利であった。

「ちっ、足元が悪い」

峠特有の悪路が、衛悟の走りを阻害した。

「いくぞ」

人影が一気に街道へ躍り出て、行列の後方でとまどっていた同心たちに斬りかかった。

「ひっ」

最後尾の同心が、背中を割られて倒れた。

「伊藤《いとう》どうした……ぎゃっ」

同僚を案じた同心が袈裟懸《けさが》けに斬られた。

「うわあああ」

二人が血にまみれたのを見た同心が、悲鳴をあげた。あわてて太刀に手を掛けるが、柄袋《つかぶくろ》をほどくことはできなかった。

「よ、よせ……」

震えながらの命乞《いのちご》いは、一撃によって途絶えた。

「問答無用とは……」

あっさりと人を斬る連中に、衛悟は寒いものを覚えた。

衛悟も何度となく人の命を奪ってきた。その重みは、慣れたとはいえ、消えることなく衛悟の胸に積もっていた。

「………」

駆けつけた衛悟は、あらたな犠牲者へ向けて太刀を振りあげた木曾衆めがけ、一撃を送った。

「ぐへっ」

衛悟の刃《やいば》は、木曾衆の左肩から胸まで裂いた。

「さからうか」

別の木曾衆が衛悟へ斬りかかってきた。

「おう」

水平に薙《な》いできた一刀を、身体をひねることで衛悟はかわした。左足を送りながら身体を回し、その勢いで衛悟は太刀を真一文字に振った。

「いっっっつ」

木曾衆の衣服が裂け、腸が溢《あふ》れ出した。

「…………」

衛悟は止《とど》めを刺す間も惜しんで、次の敵へ向かった。

「できるぞ、こやつ」

残った木曾衆が顔を見合わせた。

「楡二《にれに》、杉三《すぎさん》、二人でかかれ」

「おう」

「承《うけたまわ》った」

小頭らしいのから、指示された若い二人の木曾衆が首肯した。

狭い箱根の山道での戦いは、間合いが十分にとれない。山道の幅は三間（約五・四メートル）もなく、左右から迫られれば、動きを抑えられたにひとしかった。

「…………」

足先へ体重を預けて、衛悟は少し前のめりになった。不退転の決意であった。

「杉三」

「ああ」

二人の木曾衆が、衛悟の覚悟に気づいた。

最初に動いたのは、衛悟の左手にいた楡二であった。木の根がうねっている悪い足場をものともせず、擦《こす》るような足運びで間合いを詰めてきた。

足下の悪さを衛悟は考えなかった。迫り来る木曾衆だけを見つめ、太刀を左袈裟に構えた。

「りゃああ」

楡二が太刀を振るった。

木曾衆の得物は、太刀に似ていたがかなり違っていた。まず刃渡りは脇差《わきざし》と太刀の中間ほどと短い。その代わり肉厚が異常であった。まるで鉈《なた》のように分厚い。

「……ふっ」

間合いが遠すぎた。

見せ太刀だと衛悟は見抜いていた。楡二の一撃は、衛悟の身体から三寸（約九センチメートル）手前で空をきった。

「………」

合わせるように、無言で杉三が斬りかかってきた。

踏み込みが半歩深いと知った衛悟は、腰を据《す》えたまま上体だけ楡二へと寄せた。

鉈のような太刀が、風切り音を連れて衛悟の右脇をかすった。衛悟は杉三ではなく楡二へ太刀を落とした。

「なんの」

重い太刀に引きずられた不安定な体勢のまま、楡二が跳び下がった。

「ほう」

思わず衛悟が感嘆の声を漏らすほど、見事なものであった。

「忍《しのび》か。いや、違う。闇に潜む忍は顔をあらわにすることがない」

驚きながらも衛悟は攻撃の手をゆるめていなかった。ずらした上体を戻しつつ、右の杉三へ、下段に降りた太刀から一撃をくりだした。

「くう」

太刀で受け止めようと杉三が、手を伸ばした。衛悟は太刀を止めた。分厚い鉈のような刀にぶつけては、こちらの得物が折れかねなかった。

「なにっ」

杉三が目を見張った。

必殺の念を込めた一撃を途中で止めるには、尋常でない膂力《りよりよく》と積み重ねた修練が必要であった。まじまじと杉三は、己の太刀から二寸ほど手前で止まっている衛悟の刀を見つめた。

一瞬の隙《すき》を杉三は作ってしまった。

「やあっ」

衛悟は止めた太刀を突きに変えた。切っ先が杉三の下腹部深くへと刺さった。

「ぐえええええ」

即死はしないが、腹をやられては助からない。杉三は太刀を落として、手で傷口を押さえた。

「杉三……きさまあ」

仲間をやられた楡二が叫んだ。

「殺してくれるわ」

楡二が、太刀の峰に右手を添えた構えで突っこんできた。

「うおおおお」

身体の中央に太刀をまっすぐ立て、楡二が迫った。

「………」

鉈のような太刀を身体の正中におけば、ほとんどの攻撃は防げる。唯一、刃渡りの短さが下段からの一撃を防ぐに不利であった。といっても斬りあげる太刀では勢いにかけ、身体ごとぶつかってくる楡二の攻撃に対抗できなかった。

衛悟は軽く腰を曲げた。杉三の身体から抜いた太刀を、大きく振り上げて待った。

「ぬん」

敵が間合いに入った瞬間、衛悟は渾身《こんしん》の力をこめて、太刀を落とした。

「……うげっ」

衛悟の太刀は、楡二の眉間を真っ向から割った。

太刀行きの差だった。衛悟の太刀は定寸、対して楡二の得物は、肉厚の分だけ寸が短かった。わずか五寸（約十五センチメートル）ほどの違いが、生死を分けた。

「おのれっ」

「どけっ」

衛悟は立ちむかってきた木曾衆を、蹴りとばした。足を止めず、衛悟は前方で小十人組士へ太刀を向けている若い木曾衆へ、太刀をのばした。

「ぎゃ……」

背後から胸を貫かれて若い木曾衆が死んだ。後ろから卑怯《ひきょう》などと言っていては、真剣勝負で生き残れない。衛悟の切っ先にためらいはなかった。

「おぬしは……」

助けられた小十人組士が、衛悟へ問いかけた。

「旗本柊賢悟《けんご》の弟衛悟でござる。ご助勢つかまつる」

身分を明らかにしておかないと、敵とまちがわれかねなかった。

「柊どのか。拙者、小十人組市原《いちはら》多門《たもん》でござる。お見事でござった」

衛悟の腕に市原多門は舌を巻いていた。

「まず柄袋をお取りなされよ」

近づこうとする木曾衆を牽制《けんせい》しながら、衛悟が勧めた。

「おおっ」

市原多門が、急いで紐《ひも》をほどいた。

「ここは我らが。早く御駕籠脇へ」

腕の差はあまりに歴然としていた。市原多門は、衛悟に駕籠を頼むと言った。

「承知」

衛悟は太刀を手にさげながら駆けた。

駕籠まではあと十間（約十八メートル）ほどであった。

三

「しゃあ」

「ぎゃああ」

気合いがあがるたびに、苦鳴《くめい》が響いた。木曾衆の太刀は、刃筋があわなくとも、その重さで、骨を砕く。受け止めれば太刀が折れた。

軽々と鉈のような太刀を振り回す木曾衆の前に、行列の同心、小十人組士たちが、ほとんど抵抗することもできず倒されていった。

「なんだ、なんだ」

永井玄蕃頭が、恐慌に陥《おちい》った。指示も出さず、ただ右往左往するだけであった。

「お側衆さま。お平らに」

なんどか修羅場を経験した併右衛門は、落ち着いていた。

「ご一同、まずは太刀を抜かれよ」

道場でどれほど修行を積んでも、実戦の前では無力であった。斬られれば死ぬ。真剣への恐怖が、同心と小十人組士から、日頃の鍛錬を奪っていた。

「わあ」

併右衛門の忠告に気を取り戻した小十人組の一人が、ようやく太刀を鞘走らせた。

しかし、無防備に上段へと大きく振りあげた腕を撃たれ、両肘《りょうひじ》から先を失い、大量の血を吹き出しながら崩れた。

「情けないことよな」

刀の柄を握りしめながら、併右衛門は嘆息した。

「よほど衛悟のほうがましではないか」

すでに行列の前衛は崩壊していた。木曾衆は顔のわかるところまで近づいていた。

「生きて帰れれば、衛悟を小十人組に推挙するのもよいか」

併右衛門は、小さく笑った。

小十人組士は役職手当として十人扶持《ぶち》をあてがわれるだけだが、将軍、あるいはその世継ぎの身辺警護として側《そば》近くに仕える。名誉もあり、覚えがめでたければ、別家を立てることも夢ではなかった。

「おう」

小十人組士を蹴散らした木曾衆が、併右衛門へと向かって来た。

「来たか」

併右衛門は、太刀を青眼に構えた。

剣の鍛錬など、やったことさえない併右衛門だったが、命を賭《か》けた戦いの経験はある。目の前に白刃を突きつけられたこともあった。真剣の持つ迫力を併右衛門は知っていた。

迫る木曾衆の目が吊《つ》り上がっているのを、確認する余裕も併右衛門にはあった。

「おうりゃああ」

ものすごい形相《ぎょうそう》で、木曾衆が襲い来た。

戦国ではない。人を殺すことなど、剣術遣いでも生涯ないのが普通である。木曾衆といえども人を斬った経験など今日が初めてである。腕の筋肉は縮み、十分な伸びがなかった。

「うむ」

冷静に併右衛門は、大きく下がった。

空を斬った木曾衆の体勢が崩れた。しかし、併右衛門は手出しをしなかった。

「慣れていないことはなさいますな」

併右衛門は、衛悟からきびしく手出しを禁じられていた。

「ただひたすらお逃げくだされ。ときを稼いでいただければ、かならず参りますゆえ」

守る者、守られる者の大前提がそこにあった。

「逃げたところで、救いの手は来ぬが……あっさり斬られてやる気などさらさらない。命はまだまだ惜しいわ」

木曾衆の動きを、併右衛門はよく見ていた。

「衛悟に比べると遅い」

二度の斬撃も併右衛門は、かわした。

「あそこか……」

併右衛門の姿を衛悟は認めた。

「いかぬ」

一人の木曾衆が併右衛門に斬りつけた。

「待て。させぬ」

木曾衆の注意を引くため、衛悟は大声を出した。

「その声は……」

衛悟の叫びは、木曾衆より併右衛門へ衝撃を与えた。目の前に敵が迫っていることも忘れて、併右衛門は振り返った。つられて木曾衆も衛悟へと目をやった。

「おうりゃあ」

派手な気合いをあげて、衛悟は木曾衆へ跳びかかった。

「……なんの」

間合いが遠すぎたこともあって、木曾衆がなんなくかわした。

「逃がすか」

無理をして伸びきった身体に追いつかせるよう足を出し、衛悟は姿勢を整えた。

「りゃあ」

先に攻撃してきたのは木曾衆であった。木曾衆は、低い位置の衛悟目がけて、太刀を落とした。

「ぬん」

予想していた衛悟は、さらに踏みこむことで、木曾衆との間合いを消した。

「なにっ」

太刀の下に潜りこまれた木曾衆があわてた。

刀には打ち所というのがある。あまりに手元近くになると、切っ先が下がるだけで、かえって敵の身体に刃が当たりにくくなる。柄と己の手が邪魔するのだ。

木曾衆が急いで間合いを取ろうと下がった。衛悟は追った。

腰を折ったままで、衛悟は太刀を薙いだ。

「ぎゃっ」

臑《すね》の急所を割られて、木曾衆が転がった。

「加勢ぞ」

衛悟の存在が、小十人組士たちを、混乱から救った。不利な戦いを強《し》いられているときの味方ほどありがたいものはない。

「曲者どもが」

もともと武芸を買われて任に就いた者ばかりである。落ちつけば、木曾衆相手でもそう簡単にはやられなくなった。

「こいつ……」

源が衛悟を睨《にら》みつけた。たった一人のことで九分九厘勝利へ傾いていた天秤が、戻ってしまったのだ。

「このままでは、まずい」

状況の変化は、戦慣れしていない木曾衆を浮き足だたせかねなかった。

「あやつを先に片づけねばならぬ」

斬りかかってきた小十人組士の右肩を一刀のもとに叩《たた》き割って、源が駆けだした。

「なにやつ」

太刀を青眼に構えながら、源が衛悟を詰問した。

曲者から誰何《すいか》されるという奇妙なことに、衛悟は思わず苦笑した。

「こちらが問うことぞ」

言い返しながら、衛悟は刀を上段へと変えた。

やはり悪い足下を全然気にもしないで、走り来る源を衛悟は警戒した。剣にとってもっともたいせつなのは、腕でも足でもなく腰である。上半身を揺らさない源が、かなりの遣い手であると衛悟は感じた。衛悟は、大きく息を吸うと、全身のすみずみまで気を行きわたらせた。

間合いが三間（約五・四メートル）となったところで、源が足を止めた。

「できるな」

衛悟の気迫に、源が慎重になった。

二人の対峙《たいじ》が始まった。

併右衛門は、ようやく衝撃から戻ってきた。

「なにをしておる。おぬしは江戸で、瑞紀を守っておるのではなかったのか」

頭に血がのぼった併右衛門は、ときと場所を忘れて、衛悟を詰問した。さきほどまでの冷静さは消し飛んでいた。

「…………」

衛悟は答える余裕がなかった。

源の切っ先から並々ならぬ闘志があふれ、衛悟の皮膚へ突きささっていた。もちろん、それ以上の殺気を衛悟は源へぶつけていた。

「なんとか申せ」

併右衛門は重ねて尋問した。

「…………」

真剣での戦いをおこなっている最中であった。しゃべるためには、息を吐かねばならない。息を吐けば、胸の筋が弛《ゆる》む。弛んだ筋は締めなければ力を発揮できなかった。息を吐き、そして吸う。刹那《せつな》のことだが、真剣勝負では、十分つけいる隙となった。

源がじりじりと間合いを詰めてきた。三間あった間合いが一間半（約二・七メートル）をきった。二尺七寸（約八十一センチメートル）の太刀同士なら、すでに一足一刀の間合いであった。源の太刀が短いとはいえ、踏みだしようで、切っ先は相手へ届く。一瞬の油断も許されぬ必死の距離であった。

衛悟は一寸刻みに腰を落としていった。涼天覚清流《りょうてんかくしんりゅう》は、大きく踏みこんで、上段からの太刀をまっすぐに撃つことを旨としていた。足の踏みこみ、腕の伸びの凄《すご》さでは、他流を圧倒する。

その踏みこみが使えなかった。箱根の山道はあまりに悪路であった。何匹もの蛇《へび》が這《は》うように伸びた木の根、ところどころ頭を出している石が、足場を不安定にしていた。

免許皆伝を受けた衛悟の足さばきは、平地で絶対の安定を誇る。しかし、踏みだした足の裏が、木の根の丸みで滑れば、あるいは、石の角にひっかかりでもしたら、その先に待っているのは確実な敗北、すなわち死であった。

涼天覚清流の持つすばやい動きを、衛悟は自ら封じた。

待つ。

後の先を衛悟は選んだ。相手の出鼻をくじき、勝ちを取る。一呼吸でも遅れれば、源の刀が衛悟を真っ二つに断つことになる。しかし、それしかなかった。

衛悟は決死の覚悟で、ゆっくりと太刀を上段へ変えた。

「……くっ」

強く唇《くちびる》を噛《か》んだ源の口から血が垂れた。

争っていた木曾衆と小十人組士たちが、あふれ出る二人の気迫に呑まれ、動きを止めた。

箱根の山中に静寂が戻った。

「衛悟」

併右衛門だけが、雰囲気からはずれていた。

「娘は、瑞紀は無事なのか」

取り乱すに近い声で、併右衛門は問いかけた。

「はっきり言わぬか。まさか……瑞紀が……」

焦《じ》れた併右衛門は、考えてはいけないことに思いいたった。

「瑞紀……」

ただの父親に返った併右衛門の悲愴な叫びに、衛悟は引きずられた。

「……瑞紀どのは無事でござる」

衛悟は口を開いた。大きな失敗であった。

「しゃあ」

息を吐いた衛悟へ、源が跳んだ。

「くっ」

目を離していなかった衛悟だったが、息継ぎの隙を埋められなかった。上段の太刀を撃つきっかけを逃した。

鉈のような太刀を源が右手だけで薙いだ。

片手薙ぎは、両手に比べて伸びた。肩の入れ方によっては、三寸間合いが変わった。短い太刀が定寸に並んだ。

「ちぃい」

なまじ足元を固めていたことが災いした。後ろに跳んでかわすだけの暇《いとま》がないと読んだ衛悟は、とっさに太刀の峰を返して受けた。

すさまじい音がした。

衛悟は腕がきしむほどの衝撃を感じた。

「えっ」

太刀を見た衛悟は驚愕の声をあげた。

「これは……」

同様に源も目を見張った。

源の太刀が衛悟の峰に食いこんでいた。切っ先から五寸ほどのところで、二本の刃が絡んでいた。

「命冥加《みょうが》な奴」

折れていれば、衛悟は無事ですまなかった。

「このまま押し斬ってくれるわ」

のしかかるように源が身体を預けてきた。

「……………」

衛悟は耐えた。

源の体軀《たいく》は、衛悟よりわずかに低いが、肩幅ははるかに太い。丸太のような二の腕をはちきれんばかりにして、力をこめた。

峰は刀の背骨である。そこへ楔《くさび》を打ちこまれたようなものであった。少しずつではあったが、傷口が開き、源の太刀が食いこみを強くしてきた。

「……衛悟」

己の不用意な言動が、衛悟を窮地に立たせたことに、併右衛門は気づいた。のぼっていた血が、音を立てて引いた。

力の均衡は、あっという間に崩れ始めた。

膂力で衛悟は源の敵ではなかった。少しずつ衛悟の膝《ひざ》が曲がり始めた。

「このままでは……」

併右衛門が焦《あせ》った。だが、二人の戦いに入りこむことはできなかった。みょうな形の鍔迫《つばぜ》り合いではあったが、命を賭けた戦いは余人の参加を許さなかった。

「くうう」

衛悟は己の膝がまもなく耐えきれなくなると理解していた。

「ふふふ」

それは源もわかっていた。

源の太刀は、すでに衛悟の刀を半分以上割っていた。

「…………」

刀が斬り割られるのが先か、体勢を崩すのが早いか、どちらにせよ、待っているのは死である。衛悟は絶体絶命の危機に直面した。

「死ね」

止《とど》めと源がいっそう力をこめてきた。

「ぬおおお」

最後の力を振り絞って衛悟は抵抗した。

一瞬、二人が拮抗《きっこう》した。一拍ほど止まったように見えた二人だったが、衛悟の刀がもたなかった。

食いこんでくる源の太刀を見ながら、衛悟は最後の賭《か》けに出た。己の刀が割られる様子を衛悟は見つめた。

「あははは」

残り五分（約一・五センチメートル）ほどとなったとき、源が勝利の笑いを浮かべた。

「…………」

源の力に耐えながら、衛悟は愛刀の末期を見守った。

最期はあっけなく訪れた。不意に刀へかかっていた圧力が消えた。

「はっ」

その瞬間を衛悟は待っていた。刀の柄から手を離し、源の前に座るように衛悟はまっすぐ腰を落とした。

「……え」

そのまま押し斬ろうとした源が、目標を失って姿勢を崩した。全身の力をこめていただけに踏みとどまれなかった。

衛悟の頭に源の下腹部がぶつかった。そのまま勢い余って、源が衛悟の後ろへと頭から落ちた。源の太刀が衛悟の背に当たったが、断ち斬るだけの勢いはなかった。

「くっ」

鋭い痛みが衛悟の腰を襲ったが、気にしている暇はなかった。衛悟は脇差を抜き放つと、左脇腹に沿わせるようにして後ろへ突きだした。

「ぎゃああ」

頭から地に落ち、逆立ちをするような形となっていた源に、避けることはできなかった。

衛悟の脇差は、源の肝の臓を破った。

「どうなった、衛悟」

どちらが勝ったのか、併右衛門には判断できなかった。

最初に衛悟が崩れたまでは、見えたが、その後がまったくわからなかった。

「……生きておりまする」

肩に乗ったような姿勢で絶息している源の身体を、振りおとして衛悟は立ちあがった。

「衛悟……よくぞ、よくぞ」

併右衛門は感極まった。

「おおっ」

見守っていた小十人組士たちから、歓声があがった。

「勝ったのか」

震えながら見ていた永井玄蕃頭がつぶやいた。

「まずい……引け」

頭を失った木曾衆が算を乱して逃げだした。

「追え、逃がすな」

状況の変化が、永井玄蕃頭を復活させた。

押されっぱなしだった同心や小十人組士が、指示にしたがおうとした。

「お止《や》めくださいませ」

併右衛門は止めた。死地を何度となくくぐりぬけた経験が、併右衛門をいち早く冷静にしていた。

「あやつらを逃がせと言うか」

永井玄蕃頭が怒鳴った。

「違いまする。今は神君家康さまのお墨付きを安全なところへ運ぶことが……」

家康の名前は大きな効果をもたらした。

「お墨付き……そうである。お墨付きは無事か」

あわてて永井玄蕃頭が叫んだ。

「ご覧のとおり、無事でございまする。ですが、このままではまた襲われかねませぬ。早く行列を進ませませぬと」

併右衛門は、駕籠の扉を開けて見せた。

「うむ」

ほっと永井玄蕃頭が息を吐いた。

「関所まで戻り、援軍が来るのを」

「いや、関所ではどうにもならぬ。関所番たちの人数では心許ない。急いで小田原まで参り、大久保家から兵を出させるべき」

永井玄蕃頭が、併右衛門の提案を拒否した。

行列の惨憺《さんたん》たるありさまが、永井玄蕃頭から冷静な判断を奪っていた。しかし、それ以上意見するだけの権を併右衛門はもっていなかった。

「怪我人《けがにん》は……」

死者と怪我人のことを失念している永井玄蕃頭に代わって、併右衛門は確認した。

「死者は八名、怪我人は数えるのもはばからしゅうございまする」

報告した小十人組士も左手を押さえていた。

「……すさまじいな」

思った以上の被害に、併右衛門は息を呑んだ。

「誰か、関所まで走れ。死者と重傷者の保護をな」

「出立するぞ」

併右衛門の手配の終わるのを待たず、永井玄蕃頭が命じた。

歩くことのできる者がしぶしぶしたがった。

「そこの者」

永井玄蕃頭が、衛悟を呼んだ。衛悟は、折れた太刀を寂しげに見おろしていた。

「わたくしでございまするか」

衛悟は小腰をかがめて、近づいた。

「そなたは、旗本か」

「はっ。評定所与力《ひょうじょうしょよりき》柊賢悟の弟、衛悟めにございまする」

偽りを言うわけにもいかないと、衛悟は名のった。

「どうしてここに」

「剣を学んでおりまする。諸国修行をいたし、江戸へ戻る途中でございました」

衛悟は作り話を聞かせた。

「そうか。助かったぞ。弟と申したな。養子の口は見つかっておるのか」

うなずいた永井玄蕃頭が、問うた。

「あいにく未《いま》だ」

苦笑しながら衛悟は首を振った。

「これだけの腕をもっていながらか。見る目のない奴ばかりだの」

「いえ、まだまだ未熟でございますれば」

褒められて衛悟は、面《おも》はゆくなった。

「よし、余に任せよ。江戸に戻ってからよいところを探してやる。できれば、我が家臣として欲しいところだが、目見え以上の家柄の者を陪臣《ばいしん》に落とすわけにはいかぬ」

「畏《おそ》れ入りまする」

評価に衛悟は頭をさげた。

「このまま江戸まで同道してくれぬか」

「承りましてございまする」

申し出に衛悟は首肯した。そうしてもらわねば、衛悟も困った。すでに路銀は底を突いていた。

「落ちついたら、我が屋敷を訪ねてくるがいい」

「かたじけのうございまする」

衛悟は礼を述べて、永井玄蕃頭から離れた。

待っていたように、併右衛門が歩調を合わせてきた。

「説明せよ」

併右衛門は口調に怒りをこめた。

「……じつは……」

しかたなく衛悟は語った。併右衛門の身になにかあれば、瑞紀を狙う意味が失われると判断したことから、二人で相談した内容まで洗いざらいしゃべった。

「この大馬鹿者が」

返ってきたのは、罵声《ばせい》であった。

「そなたはなにもわかっておらぬ」

併右衛門は、嘆息した。

「人の命はいつか尽きる。ただ、それがいつかわからぬから、皆考えぬようにしているだけじゃ。誰でも己の命がなくなる日が来ることを知っている。そして逃げているのだ」

「はあ……」

まだ若い衛悟は、併右衛門の話を理解できなかった。

「いつ死ぬやもわからぬゆえ、今を、一生懸命生きなければならぬ。などと坊主の寝言のようなことは言わぬ」

「…………」

「人はなんのために生きているのか、わかっておるであろう」

「はい」

併右衛門から衛悟も聞かされていた。人は子孫を残すためにある。併右衛門の持論であった。

「妻がひ弱であったゆえ、儂には娘一人しかできなかった。なぜ男ではないのかと恨んだこともあった。だが、今は、瑞紀ほど愛おしい者はない」

父親の顔になって併右衛門が言った。

「瑞紀があればこそ、儂は働けるのだ。少しでも家を大きくし、多くのものを遺してやりたい。これは、瑞紀の行く先を見届けることなく死んでいかねばならぬ親としてできるせめてものことだ。今は儂が奥右筆組頭の任にあるゆえ、立花家は世間より裕福な生活を送ることができる。瑞紀の代もそうだとはかぎらぬ。婿《むこ》に迎えた男が無能であれば、小普請組《こぶしんぐみ》を抜けだすこともできず、年々借財を増やすことになるやも知れぬ。そうならぬよう、少しでも蓄財しておきたい。今の役目以上を狙うのは、代替わりした後も役目に就きやすいようにと思ってのことだ」

功績ある役人が隠居するとき、幕府は嫡子を小普請組入りにせず、最初から役付とすることがままあった。

「これもすべて、瑞紀のため。我が子のためぞ。たしかに家がなくなれば意味がない。おぬしと瑞紀の判断は、正しい。だが、瑞紀がいなくなっても同じなのだ。家というのは入れものでしかない。わかるか」

「わかりませぬ」

すなおに衛悟は首を振った。

武士にとって家こそだいじであった。家がない、すなわち禄《ろく》を得ていない者を武士とは言わなかった。浪人者である。腰に両刀を差していようとも、浪人は侍ではなく、町奉行所の管轄《かんかつ》であり、身分は庶民と同じでしかなかった。

「家がなくば、侍ではありませぬ」

衛悟は言った。

「行く先のないおぬしには、そうとしか思えぬか」

併右衛門が嘆息した。

「いつか、衛悟にもわかるときが来るであろう。己がなんのために生きてきたのかわかる日がな」

「そうでしょうか」

まだ衛悟は納得していなかった。

「ああ。だが、今日のところは感謝する。助かった。おぬしが来てくれなければ、儂は死んでいた。それにお墨付きを奪われずにすんだ。命があってもお墨付きをなくせば終わりであった」

文句を全部吐きだしてから、併右衛門は礼を述べた。

四

半分に人数を減らした行列は、七曲がりを急いだ。

「来やしたぜ」

猪《いのしし》の毛皮を羽織《はお》った猟師が、山屋のほうを振り向いた。

「…………」

無言で山屋が首肯した。

小田原へいたる最後の曲がり、さいかち坂の出口で山屋は待ち伏せていた。

「親方、みょうでやすぜ」

猟師が首をかしげた。

「なんだ、要介《ようすけ》」

山屋が怪訝《けげん》そうな顔をした。

田村一郎兵衛の前にいたときより、態度も口調も荒っぽくなっている。

「行列の人数が、多次《たじ》の話より少ないんで」

三島の本陣から行列のことを伝えた多次は、ここに来ていなかった。

「箱根の峠で怪我でもしたんじゃねえのか」

難所中の難所、箱根越えで怪我や病気になる旅人はままあった。山屋は不思議でもなんでもないと述べた。

「それにしても……半分もいやせん」

「半分……おかしいな。行列を二つに分けたか」

山屋も待ち伏せしている物陰から、見た。付きしたがっていた配下たちも首を伸ばした。

「御上の行列が、そんなことはしやせんのでは」

首をかしげながら、要介が言った。

「歩みもおかしくないか。足を引きずっているやつが、多い」

異常に山屋が気づいた。

「どうしやす」

要介が訊《き》いた。

「金をもらっちまったからな。それに後日の仕切り直しができねえ相手だ。かえって減ってくれて助かったくらいだ。あのくらいの人数なら、どうということもあるめえ」

山屋が決断した。

「へい」

配下たちが首肯した。

「目標は、小田原の本陣で見た年寄り一人だ。他の者の相手はしなくていい。ことをすませたら合図の鉄砲を撃つ。聞こえたら逃げろ。ほとぼりが冷めるまで、小田原には戻るな。三島でも湯本《ゆもと》でもいい、隠れていろ」

「わかりやした」

「要介、年寄りは居るだろうな」

「駕籠のすぐ後ろに……」

猟師をしているだけに、要介は遠目がきいた。

「よし、いけ」

山屋が手を振った。

さいかち坂を過ぎると、あとはなだらかな下りになる。

「あと少しだ」

陸尺たちの顔が明るくなった。重い駕籠を抱えて山道を行くのはかなりつらいことであった。

「わああああ」

「このやろおお」

思い思いの気合いをあげながら、山屋の配下たちが出てくるのを見て、警固の者たちは躊躇《ちゅうちょ》なく太刀を抜いた。

山屋の配下たちの狙いは、併右衛門一人である。手にしている道中差、長脇差などを振りあげていたが、脅《おど》しでしかなかった。

「怪我したくなければ、道を開けろ」

行列の前半にいる警固の同心たちが、白刃のきらめきに呆然としている隙を狙って、併右衛門へ肉薄しようとした。

しかし、同心たちや小十人組士は、まだ戦いの余韻から脱していなかった。

「御駕籠へ近づけるな」

永井玄蕃頭でさえ、落ちついていた。

「えっ」

襲いかかった山屋の配下たちが絶句した。

「おうやあ」

同心たちが、迎え撃った。

「ぎゃっ」

たちまち二人を斬った。

残念なことに気迫はあっても、腕がともなっていない。同心たちの一刀は、山屋の配下を傷つけはしたが、致命傷にはならなかった。

「このやろう」

山屋の配下でもっとも大きな山駕籠かきが、六尺棒を振るった。

「うげえ」

棒を左肩に喰《く》らった同心が、肩の骨を折られて崩れた。

「無礼者どもめ」

小十人組士たちが、出た。

武芸に精通している小十人組士たちは、実戦を経験して大きく変わっていた。

「りゃああ」

小十人組の一刀は的確に、山屋の配下たちを屠《ほふ》った。

「なめるなああ」

山駕籠かきが、振るう六尺棒も小十人組士は、あっさりとかわした。

修練と度胸では、度胸が勝つ。

だが、生死をかけた戦いをすませた小十人組士の前に、度胸だけの無頼たちでは話にならなかった。

「どうなってやがる」

隠れて様子をうかがっている山屋が、驚愕した。

箱根山を行き来する武士は、かなりの数になった。山屋はその武士さえ襲っていた。小田原の宿屋で不用意に金を見せた身分ありげな武士も、供を多く連れた高禄の藩士も、山屋にとっては獲物でしかなかった。

ほとんどが白刃を突きつけられると、あわてて金を出した。なかには武士という身分を振りかざして、威嚇《いかく》しようとした者もいたが、場なれしている山屋の子分たちの敵ではなかった。

なぶり殺しにして、身ぐるみを剝《は》ぎ、死体を谷底へ投げすてる。今度のこともその延長と軽く考えていた。

甘かったと気づいたときには、配下の半分が戦力でなくなっていた。

「……要介」

「お、親方」

要介も震えていた。殺す側から殺されるほうへと立場が変わったことに、恐れおののいていた。

「鉄砲を使え」

「えっ。鉄砲を……」

猟師である要介は、鉄砲を持ち歩いていた。

「ああ。あの年寄りだけをやれば、仕事は終わるんだ。おめえほどの腕ならここからでもやれるだろう」

「そりゃあ、やれと言われればやりやすが、撃ったあと確実に逃げだすには、三十間（約五十四メートル）ほどねえと」

要介が首を振った。

「じゃあ。離れろ」

あっさりと山屋が述べた。

「無茶を言わねえでくだせえよ。この狭いさいかち坂の、どこで三十間とれるところがあるというんでやす。もうここから二十間（約三十六メートル）しかござんせんよ」

「なら、ここからやれ」

山屋が命じた。

「二十間じゃ二発目を撃つことはできやせん」

鉄砲は一発撃ってしまえば、次を放てるまでにかなりのときが必要であった。

「やれ。一発で仕止めればいいだけの話だ。もっとも、俺の言葉にしたがえねえと言うなら別だが……」

すごみを山屋が声に乗せた。小田原から箱根、三島を支配しているにひとしい山屋である。さからえば、このあたりで生きていくことはできなかった。

「……へい」

しぶしぶうなずいて、要介は背中の鉄砲を降ろし、用意を始めた。

「ひゃあ」

やられても、山屋の配下たちはあきらめなかった。

「おう」

小十人組士たちも善戦していたが、駆逐《くちく》するだけの人数に不足していた。

無頼と警固の者たちの戦いは、一進一退となった。

要介が火縄に火をつけた。焦げ臭い匂いが風に乗った。

「はずすんじゃねえぞ」

山屋が要介に念を押した。

「駕籠脇で止まってくれてやす。猪を撃つよりははるかに楽で」

鉄砲を手にした要介は落ちついていた。

「二度とは異常だの」

併右衛門は、襲い来た無頼たちに奇異を覚えていた。

「なにより、家康さまのお墨付きを欲しがるような連中には見えぬ」

「たしかに……」

言われて衛悟もみょうなと首をかしげた。

「先ほどの連中とかかわりは」

「ないだろうな」

きっぱりと併右衛門は、断じた。

「仲間だというなら、同時に来ればすんだ。衛悟、たとえおぬしが間に合ったとしても、あそこで同時に襲撃されていたならば、お墨付きは守りきれなかったであろう」

併右衛門はよく状況をつかんでいた。

「ならば、こやつらの目的は……まさか」

衛悟は併右衛門の警固役である。本来の役目が、危機を思いださせた。

「立花どの、わたくしの後ろへ」

あわてて衛悟は、併右衛門の肩を摑《つか》んで引き寄せた。と、同時に要介が引き金を落とした。

轟音《ごうおん》がさいかち坂に響き、併右衛門の鬢《びん》を玉がかすめた。

「あそこか」

鉄砲の欠点の一つに、白煙を出すことがあった。衛悟は要介を見つけた。

「陰へ」

併右衛門を地に押しつけて、衛悟は走った。

「ちくしょう。動きやがった」

要介が急いで二発目の準備に入ったが、間に合わなかった。

衛悟が要介と山屋の潜んでいる岩陰へと躍りこんだ。

「うわっ」

泡を食った要介が、逆手にもった鉄砲、衛悟になぐりかかった。上体をかたむけただけで、これをかわして、衛悟は脇差を突きだした。

「ぎゃっ」

胸を貫かれた要介が絶叫した。

衛悟の一撃のすさまじさに、山屋が震えた。

「話にならねえ」

いつもの倍近い金をもらっていても、命の代までは入っていない。山屋はあっさりと配下を見捨てると、背を向けた。

「待て……」

声はかけたが、衛悟はあとを追わなかった。警固すべき併右衛門から離れるのは得策ではなかった。

「親方が逃げた」

山屋の後ろ姿を見た配下の一人が、悲鳴をあげた。

「冗談じゃねえ」

配下たちも得物を投げすてて、背を向けた。

「なにが狙いだったのか」

永井玄蕃頭が首をかしげた。

「お墨付きでございましょう」

まさか、自分を狙ってきたとは言えない。併右衛門はあいまいな答えを返した。

「あのような輩《やから》がお墨付きを奪ってどうするというのだ」

「お墨付きを売りつけるつもりでござったのかもしれませぬ。神君家康公のものとなれば、千両にはなりましょう」

「金目当てか。あのような下賤《げせん》な者らしいの」

併右衛門の話に、永井玄蕃頭が納得した。

「進むぞ」

永井玄蕃頭が命じた。

行列の被害はほとんどなかった。怪我人はいても、歩けないほどの者はなく、隊列をたてなおした一行はふたたび小田原へと進み始めた。

朝明と夕暗は、七曲がりの入り口で呆然としていた。

「なにがあった……」

狭い山道は負傷者のうめきと血であふれていた。

「夕暗、事情を訊け。拙僧は奥右筆組頭を捜す」

朝明が、命じた。

「どうなされた」

首肯して夕暗は、怪我した仲間を介抱している同心へ訊いた。

「行列が襲われたのだ」

同心は、必死で同僚の血を止めようとしていた。

「あのみょうな格好した輩でござるか」

あきらかに幕臣たちとは違う姿の木曾衆を夕暗が指さした。

「ああ。不意に行列の前後から……おい、志村《しむら》、志村」

話しかけた同心が、あわてて仲間を揺さぶった。

「志村……」

介抱されていた同心から生者の息吹が消えていた。

「南無阿弥陀仏《なむあみだぶつ》……」

夕暗が手を合わせた。

「こっちへ」

木曾衆の死体を見に行った朝明が、呼んだ。

「奥右筆組頭が見つかったのか」

「いや」

首を振って、朝明が死体を指さした。

「なんだ」

「傷口を見ろ」

朝明がしめした先を見た夕暗は絶句した。

「すさまじい」

胴体を両断した傷口に、二人は顔を見あわせた。

「あれも、あそこもだ」

倒れている木曾衆の多くが、一刀のもとに斬り捨てられたことに二人は驚愕した。

「衰えたと思っていたが、まだ旗本にはこれだけの……」

「遣い手がいるということか」

夕暗が息を呑んだ。

「師僧にお話しせねばならぬ。幕府いまだ侮《あなど》れずと」

東へ顔を向けた朝明が、告げた。

第五章　文箱の闇

一

二度も襲われた。

行列を差配する永井玄蕃頭《げんばのかみ》は、修羅場の度胸はなかったが、政《まつりごと》の裏を読む能力には長《た》けていた。

永井玄蕃頭は、行列に先立てて急飛脚を御用部屋へと走らせ、指示を道中で受けとれるように、行列の歩みを遅くした。

「いかがいたしましょうや」

急飛脚を受けて、太田備中守《びっちゅうのかみ》が、御用部屋で会議にかけた。

「お墨付きを奪おうとする者がおるとは、論外ではないか」

本多弾正大弼忠籌《ほんだだんじようだいひつただかず》が、憤慨《ふんがい》した。本多弾正大弼は、老中格であったが、長く家斉の側用人として仕え、忠誠心に厚い。

「内容はたしか、尾張《おわり》の付け家老どもにかんするものでござったな」

お墨付きの中身に問題があるのではないかと、戸田采女正氏教《とだうねめのしょううじのり》が、問うた。

「尾張でござるか。なにかとややこしいことで」

安藤対馬守信成《つしまのかみのぶなり》が嘆息した。

「対馬守どののもとへも来ておりまするか」

戸田采女正が顔を向けた。

「わたくしのもとにも参っておりまするぞ」

身を乗り出すようにして本多弾正大弼も加わった。

「養子のことならば、こちらにも」

あきれた表情で、太田備中守も告げた。

「尾張藩は、将軍家の補佐たる御三家。その当主となるは神君家康さまのお血筋でなければなりませぬ」

「うむ」

太田備中守の言葉に、本多弾正大弼と戸田采女正が同意した。

「対馬守どの」

一人首を縦に振らなかった安藤対馬守へ、太田備中守が声をかけた。

「いや、神君家康さまのお血筋を優先すべきは当然のことと存じておりまするが……」

安藤対馬守が語尾を濁した。

「なにか」

詰問するように太田備中守が迫った。

「尾張の養子に、そこまで縛《しば》りをかけずともよろしいのではないかと」

「家康さまのお血筋でなくともよいと言われるか」

徳川への忠義では人後に落ちないと自負している本多弾正大弼が、喰《く》ってかかった。

「お平らに」

興奮した本多弾正大弼を、戸田采女正が抑えた。

「まず対馬守どのの話をうかがいましょう」

太田備中守もなだめた。

「……承知いたした」

しぶしぶ本多弾正大弼が同意した。

「対馬守どの」

戸田采女正がうながした。

「かたじけない」

仲裁へ礼を述べてから、安藤対馬守が話し始めた。

「お墨付きに出てくる付け家老どものことにもかかわると愚考つかまつるが……」

安藤対馬守が一同を見回した。

「尾張は将軍家にとってなんなのでござろう。一門とはいえ家臣に過ぎませぬ」

「……尾張から血筋を戻すことはないと言われるか」

小さな声で戸田采女正が言った。

「さようでござる。御三卿《ごさんきょう》がおられる今、まだ御三家は必要でございましょうか」

「ふうむ」

太田備中守が唸《うな》った。

「ご当代の上様にその心配は無用ではございましょうが、万一後の将軍家に世継ぎなき場合は、まず御三卿家から、それも上様の出自《しゅつじ》である一橋家から選ぶべきではござらぬか」

「たしかに」

老中たちが首肯《しゅこう》した。

「一橋、田安、そして清水。この順番に適したお方をお捜し申すことになりましょう。まずまちがいなく、御三卿のうちからお世継ぎが出る。それこそあり得ぬことでありましょうが、もし御三卿に人がなければ、紀州からお招き申すのが筋」

御三家の格からいえば紀州は、尾張の下であるが、八代将軍吉宗を出したことで、実質筆頭あつかいとなっていた。

「尾張は第五位か」

本多弾正大弼が、確認した。

「神君家康さまにどのようなお考えがあって御三家を創られたのか、わかりませぬが、御三卿ござる今、その意味も変わって参りましょう」

「うむ」

「まさに」

戸田采女正と本多弾正大弼が同意した。

「わかりもうした。で、付け家老のことについては、いかがか」

うなずきながら、太田備中守が質問した。

「はい。御三家が家臣と意味を変えるならば、付け家老もまた変化いたさねばなりますまい。そもそも譜代大名格の家老などあり得ていいわけはございませぬ」

安藤対馬守が断じた。

「陪臣《ばいしん》が直臣の格をもつなど、なりたたぬことでござる」

「神君家康公が認められたゆえにこうなったのだ。どうしようもござらぬぞ」

本多弾正大弼が告げた。

「いまにそぐわぬなら、変えていくのも執政の仕事でございましょう」

思いきった安藤対馬守の発言であった。

「…………」

家康の決めたことを変えようという安藤対馬守の意見へ誰も口を挟《はさ》まなかった。

「で、どうすればいいとお考えか」

「付け家老たちの地位をはっきりとしてやるのでござる」

「陪臣だと」

結論を太田備中守が口にした。

「いかにも。いつまでも譜代の地位にこだわるゆえ、神君家康さまから命じられた本来のお役目がおろそかになる。尾張につけられた者は、代々尾張へ仕えるのが決まり。付け家老だけを特別にあつかう理由などどこにもございますまい。それを言い立てれば、尾張藩士の多くは、旗本へ戻さねばなりませぬ。一度決まった身分は、よほどの功績でもない限り、変わってはなりませぬ。身分の変動は、世の安定を崩すもとでござる」

滔々《とうとう》と安藤対馬守が述べた。

「まさにそのとおり」

「おみごとな」

聞き終わった本多弾正大弼と戸田采女正が手を打った。

「まったく同意でござるが……となればお墨付きのことはどう扱うおつもりか。すでにお墨付きがあることは、多くの者が知っておりまする。また、その内容についても、駿府城代、奥右筆組頭らは存じておりますぞ。なかったことにするのは、いささか難しいのではござらぬか」

太田備中守がとまどいを表した。

家康のお墨付きである。取り扱いようによっては、命取りになりかねない。

「奥右筆組頭が真筆と判断したものをくつがえすのは、よろしくありますまい」

同意するように、安藤対馬守も首を左右に振った。

安藤対馬守ほど、苦労して老中まで登りつめた大名も少なかった。安藤対馬守の不幸は、父信尹《のぶただ》に始まった。美濃加納《みのかのう》藩六万五千石の藩主であった信尹が、不行跡を幕府にとがめられ、隠居を命じられた。信尹の跡を継いだ対馬守は、父への罰として美濃加納から五万石を削られたうえ陸奥磐城平《むついわきたいら》に転封を申し渡された。

傷のついた経歴は、己《おのれ》のせいではなくとも、影響がある。そこから寺社奉行、若年寄、老中へと出世していくために、安藤対馬守は、並大抵ではない苦労と努力を積んで来た。ようやく禄高《ろくだか》ももとに戻り、老中へとあがったが、安藤対馬守の野望は終わっていなかった。雪深い奥州から、物成り豊かな美濃への復帰を安藤対馬守は希《のぞ》んでいた。

「お墨付きに書かれていることは、実行いたさねばなりませぬ」

「矛盾しておりませぬか。それでは、付け家老どもを譜代へ格上げしてやることになりまするぞ」

本多弾正大弼が、一致していないと苦情を申し立てた。

「いつ現実のものにするかは、御用部屋が決めること」

「そうか」

太田備中守が声をあげた。

「お墨付きが、表に出ぬよう、止めるのでござるな」

「さようでござる」

安藤対馬守が首を縦に振った。

「止める……」

「どういうことでござろうか」

「奥右筆部屋で滞《とどこお》らせるのでござる」

わからないという二人の老中へ、太田備中守が告げた。

「なるほど」

「妙手でござる」

戸田采女正と本多弾正大弼も老中である。すぐに裏を読んだ。

「奥右筆のもとで止まっているならば、遅滞をとがめられるのは、我らではありませぬな」

「さすがは、対馬守どのだ」

本多弾正大弼と戸田采女正が感嘆した。

「しかし、一つ関門がござる」

安藤対馬守が困惑の顔をした。

「お墨付きのお出迎えを上様にしていただくことが……」

「受け取りをもかねておりますからな」

一気に老中たちの興奮が下がった。家斉の目に書付が止まれば、知らぬ顔をとおすことはできなくなる。

「上様のことなら、わたくしへお任せあれ」

太田備中守が進み出た。

「上様に受け取っていただかなければよろしいのだ。ならば、ご不例を言いたてていただけばよろしい」

家斉の体調が悪いことにすればいいと、太田備中守は述べた。

「わたくしが代理を務めますれば、お墨付きの内容は上様に届きませぬ」

「上様からお墨付きを出せとの仰せがあればいかがなさる」

「いかほどでも引き延ばしはできましょう。その間《かん》多くの政務を上様にお持ちすれば、お墨付きのことなどお忘れになられましょうぞ。もともとご政務に熱心ではあらせられませぬゆえ」

簡単なことだと太田備中守が言った。

「まさに」

「ご無礼なことながら、そういたすしかございませぬな」

「そういたしましょう。備中守どの、よしなに頼みまするぞ」

老中たちが賛意を示した。

松平定信は、家斉から呼び出された。

「お呼びでございまするか」

御休息の間へ伺候《しこう》した定信は、家斉が腹を立てていることに気づいた。

「来たか、将棋の相手をいたせ。こやつらでは、勝負にならぬ」

家斉が小姓組番士《こしょうぐみばんし》たちを顎《あご》で示した。

「はっ」

用意されていた将棋盤の前へと定信は進んだ。

「皆、遠慮いたせ。気が散る」

人払いを家斉が命じた。いつものことである。小姓組番士たちは、御休息の間を出て行った。

「いかがなされました」

駒を並べながら、定信が問うた。

「躬《み》をうつけとするのも、たいがいにいたせ」

怒りをこめながら家斉が語った。

「備中守がそのようなことを申して参りましたか」

定信は、あきれた。

「やはり政を任せるだけの器ではございませぬ。幕府というものの根本が将軍であると理解しておらぬようで。上様の代理が、たかだか老中ごときにつとまると思っておるとは僭越至極《せんえつしごく》」

口をきわめて定信は、太田備中守をののしった。

「きさまも躬を蚊帳《かや》の外に置いてくれたが、ないがしろにはせなんだな」

「ご勘弁を、上様」

定信は恐縮した。

田沼意次のおこなった放漫で傾いた幕政を立て直すべく、老中首座となった定信は、いろいろな手を早急にうたなければならなかった。

まだ将軍となったばかりの家斉は若く、政の話をしても理解を得るにときがかかると定信は、事後報告だけですませたことが何度かあった。

もちろん、後日ていねいな説明をおこなったが、家斉をなおざりにしていたことはたしかであった。

「すまぬ。もう言わぬつもりだったが……ついな」

家斉が詫《わ》びた。

「いえ。わたくしのほうこそ申しわけないことでございました」

定信も頭を下げた。

「どう思う」

太田備中守の意図を家斉が訊《き》いた。

「わたくしのもとへも、先ほど届いたばかりでございまするが……お墨付きを運ぶ行列が二度も襲われたそうでございまする」

「うむ。その話は、村垣から、聞いた」

すでにお庭番から家斉は報《しら》されていた。

「それも同じ輩《やから》と思えぬ連中であったとか」

「らしいな」

「となりますれば、お墨付きを手にしたがる者が、何組かあるということになりまする」

「お墨付きに書かれていることが都合のよい者だけとはかぎらぬでな」

家斉もうなずいた。

「おそらく裏を読んだのでございましょう。老中どもは」

「裏だと」

「はい。お墨付きの中身を上様はご存じでございまするか」

「うむ。これも村垣からだがの」

お庭番の耳目は、江戸城中のみならず、地方にまで及んでいた。

「お教え願えませぬか」

定信が願った。

お庭番は家斉から定信へ預けられていたが、すべてを報告しているわけではなかった。

「わかった」

家斉は、村垣の話を一言一句違《たが》えずに伝えた。

「ありがとうございました。なるほど、付け家老の一件でございましたか」

礼を述べて定信は、首肯した。

「わかったか」

駒を動かしながら、家斉が質問した。

二人とも盤面など見てはいなかったが、万一誰か来たときのために、振りだけでもしておかねばならなかった。

「付け家老を譜代《ふだい》にする。ここに裏がございまする。上様、付け家老のことを覚えておいでてございまするか」

「うむ。尾張のは何度か顔を見ておるでな」

家斉が肯定した。

付け家老が将軍と会うのは、己の相続と、御三家当主の代替わりのおりだけである。御三家当主が病《やまい》などで登城できないときに代理を務めることはあるが、そのようなときは、老中へ挨拶《あいさつ》することになるので、将軍へ目通りすることは、ほとんどなかった。それこそ将軍一代の間に一度顔を見ればいいほうであった。

「尾張の付け家老竹越山城守《やましろのかみ》をご存じでございまするか」

「うむ。相続のおりに目通りを許した」

竹越山城守のことを家斉は覚えていた。

「たしか、病気療養と称して領地へ帰ったはずじゃ。もっとも、江戸へ戻ってきておるようだがの」

家斉が笑った。

「愚かなことを。見咎《みとが》められれば、家を潰《つぶ》すことになるというに」

無断での出府は重罪である。定信が吐き捨てた。

「それはさておき、あの者の父は、尾張徳川の一門から竹越の養子へ出たのでございまする」

「ほう。そうだったか。御三家から陪臣へか。珍しいことだ」

目を少しだけ、家斉が大きくした。

「もし、神君家康さまのお墨付きに上様がしたがわれたとすれば……竹越も譜代へ復帰となりまする」

「そうだの」

「陪臣から尾張徳川家当主へなることは許されませぬが、譜代となれば話は別でございまする。竹越山城守は立派な家康公の血筋」

「御三家の当主になろうといたすか。それはならぬ」

家斉が驚愕《きょうがく》した。

「御三家の当主に竹越山城守が、あるいはその息子がなったとしてみよ。そやつの子孫が将軍となるやも知れぬのだぞ。松平などの一門からならまだしも、陪臣に身を落とした者の血筋が天下人となることなど許してはならぬ。戦国の下克上《げこくじょう》のようなまね、幕府の根幹を揺るがすことになる」

怒りに顔を赤くして、家斉が断じた。

「お静まりを、上様」

　定信がなだめた。

「上様の仰《おお》せられたとおりでございまする。なればこそ、お墨付きは狙われた」

「付け家老が譜代に戻ってつごうが悪い者とは誰ぞ」

　家斉が問うた。

「お墨付きがあって困る者だけとはかぎりませぬ。お墨付きで益を得る者も狙って参りましょう」

「それもそうじゃの」

　小さく家斉がうなずいた。

「実物を拝見いたしたわけではございませぬが、本来お墨付きには、宛先となる人物の名前が記されておりまする」

「うむ」

　誰宛かわからないお墨付きなど、ないも同じである。

「宛先に書かれている人物としては、幕府にお墨付きを持っていかれては困りましょう。内容の実行を求めようにも、実物がなければ、どのようにでもごまかされてしまいまする。それこそ、内容を曲解して、まったく違う状況にされてしまうかも知れぬのでございまする。なにより、宛先とされている人物、まあ、今では子孫となりますが、その者にしてみれば、お墨付きは我がものと思っておりましょうし」

「なるほどな」

家斉が納得した。

「躬はどうすればいい」

定信へ家斉が助言を求めた。

「老中どもの好きにさせておかれませ。上様へお墨付きを見せぬということは、その履行をいたす気がない証拠。一度でも陪臣の地位に落ちた者を、我らはいただくわけにはまいりませぬ」

ほうっておけと定信が答えた。

「わかった。さがってよい」

家斉は定信を去らせた。

「神君とあがめ奉《たてまつ》られる家康公の約束でさえ、うやむやにされるのだ。血筋からいけば傍系の傍系でしかない、躬が老中どもに軽んじられるのも当然か」

小姓組番士たちが戻ってくるまでの、わずかな隙《すき》に、家斉は大きくため息をついた。

二

行列は駿府を出て五日目の夕方、なんとか江戸に着いた。

「上様ご不例につき、代わってお出迎えつかまつる」

江戸城大手門まで、太田備中守が出迎えていた。

「側衆永井玄蕃頭、神君家康さまのお墨付きを、お届けいたしましてございまする。お受け取りのほど願わしゅう」

すでに打ち合わせはすんでいる。

駕籠《かご》が式台に置かれた。

「御免《ごめん》」

太田備中守が駕籠の扉を開け、なかから漆《うるし》の箱を取り出した。

「封緘《ふうかん》確認いたした。ご苦労であった」

箱をあらためた太田備中守が、一同をねぎらった。

「さがってゆっくり休め」

太田備中守が箱を目より上にいただいて、城内へと消えていった。

「お疲れさまでございました」

併右衛門は永井玄蕃頭に声をかけた。

「うむ。いろいろあったが、無事に帰ってこられた」

永井玄蕃頭がほっと肩の力を抜いた。

「では、これにて」

「ああ。ご苦労であった」

頭を下げた併右衛門を永井玄蕃頭がねぎらった。

「そうじゃ。あの若い部屋住み、柊と申したかな、落ち着いたならば、屋敷を訪ねてくるようにと伝えてくれ。礼をいたさねばならぬでな」

「はい。かならず」

併右衛門は受けた。

江戸まで行列に参加していた衛悟は、城へ入るところで別れを告げていた。

将軍家へ目通りもすませていない者が、家康のお墨付きを運ぶ行列とともに、登城することはできなかった。

桜田門を出た併右衛門は、待っていた衛悟と合流した。

「ご苦労だな」

「任でござれば」

衛悟は首を振った。

「行くぞ」

併右衛門がうながした。

刻はすでに暮れ七つ（午後四時ごろ）になっていた。一日の役目を終えて帰る役人たちが、周囲を埋め尽くしていた。

「立花どの」

人混みのなかから声がかけられた。

「これは田村どの」

近づいてきたのは太田備中守の留守居役《るすいやく》田村一郎兵衛であった。

「旅に出ておられたのでござるか」

手甲脚絆《てっこうきゃはん》にぶっさき羽織姿の併右衛門を見て、田村が訊いた。

「御上の御用でちと出ておりました」

「奥右筆組頭どのが、旅に……それはまたお珍しい」

田村が感心した。

「いやいや。滅多《めった》にあることではございませぬが、遠国《おんごく》へ行かねばならぬときもござりましてな」

くわしいことを併右衛門は言わなかった。

「さようでございましたか。いや、ご無事でお戻りがなにより。お疲れでございましょう。お足を止めては申しわけない」

「有り様に申せば、疲れました。しなれぬ旅などいたすものではございませぬわ。公用では遊山もままなりませぬしな。では、これにて御免」

軽く頭を下げて併右衛門は、ふたたび歩き出した。

「命冥加《みようが》なやつめ。それにしても情けなき連中よな。山屋め、金も返さず行方《ゆくえ》をくらませおった。まったく殿にどうやってお許しいただくか。頭が痛いわ」

併右衛門の背中を、田村が睨《にら》みつけた。

「お戻りでございまする」

定矢が、先触れとして走った。

すでに品川から人をやって、帰ることは報せてある。大きく大門が開き、玄関前には水も打たれ、出迎えの準備は整っていた。

「おかえりなさいませ」

玄関式台へ瑞紀が手をついて待っていた。

「今帰った」

「お父さま」

瑞紀が感極まった顔をした。

「留守中変わりはなかったか」

併右衛門も穏やかな表情になった。

「はい。お父さまもご無事で」

「あやつのおかげで助かったわ」

親子の対面を離れて見ていた衛悟を、併右衛門が手招きした。

「衛悟さま……ありがとうございました」

深々と瑞紀が頭を下げた。

「いや、そうされては、拙者が困る」

衛悟が決まり悪そうな顔をした。

「それはそうであろう。雇い主である儂《わし》の言うことをきかなかったのだ。普通なら出ていけと叱《しか》るところだが、瑞紀にめんじてそれは許してやる。しかし、その間の日当は払わぬぞ」

きびしく併右衛門が告げた。

「……はあ」

大きく衛悟が肩を落とした。貯めこんでいた金を衛悟は使い果たしていた。

「飯くらいは喰《く》わせてやる。来い」

「ただちに用意を」

瑞紀が台所へと小走りに向かった。

「衛悟、ついてこい」

いつもの書院ではなく、併右衛門は衛悟を母屋《おもや》と繋《つな》がっている蔵へと誘《いざな》った。

「………………」

生まれてこのかた何百いや、何千と訪れた立花家であったが、衛悟は蔵へ入れてもらったことはなかった。

「そこで待っておれ」

入り口に衛悟を遺《のこ》して、併右衛門は奥へ進んだ。武家の蔵におさまっているものは決まっていた。夏場使う蚊帳《かや》を入れた長持《ながもち》、代々受けついできた鎧櫃《よろいびつ》、そして刀簞笥《だんす》である。

併右衛門は刀簞笥から適当に一本取りだした。

「これをくれてやる」

待っていた衛悟へ、併右衛門は太刀の柄を突きだした。

「いただいてよろしいのか」

受けとった衛悟の表情が明るくなった。

源との戦いで衛悟の太刀は折れていた。道中そのままというわけにも行かなかったので、倒れた小十人組士のものを借りていたが、江戸に戻れば遺族へ返還しなければならない。

となれば、衛悟は太刀を失う。

数打ち物と呼ばれるなまくらでも買えば数両はする。真剣勝負で使える太刀となれば、やはり十両以上出さないと手に入れられなかった。部屋住みの厄介叔父《やっかいおじ》に十両は大金である。

「拵《こしら》えは、かなり傷んでおる。鞘《さや》、柄糸、下緒《さげお》もやりかえねばなるまい。さすがに錆びてはいないだろうが、刃の研《と》ぎも必要になろう」

蔵から出ていきながら、併右衛門は語った。

「はあ……」

衛悟の声が暗くなった。それをするだけでもかなりの費用がかかる。旅に出る前ならなんとかなったが、懐の小銭がすべてとなった衛悟にはきびしかった。

まさぐった。

「座れ」

居間へ戻った併右衛門は、そう衛悟に勧めながら、違い棚から文箱を出し、なかを
「太刀をやるかぎりは、手入れの代金もつけるのが常識。これを使え」

併右衛門の手には小判が五枚乗っていた。

「えっ」

衛悟は絶句した。

鞘の塗り替え、柄糸の交換、下緒の新調をしたところで、三両もあればたりる。

「日当はやらぬと申したであろう」

併右衛門は、笑った。

尾張藩付け家老成瀬民部少輔《みんぶしようゆう》は、夜もまともに寝られなかった。お墨付きを奪うどころか、頼みとした木曾衆《きそしゆう》が半減するという状況になってしまったからである。

箱根に残してこざるをえなかった怪我人たちは、小田原藩の手にあり、毎日手厳しい尋問を受けている。いつ成瀬家の名前が出ないとも限らないのだ。出れば成瀬家は終わりであった。民部少輔は切腹、領地城は取りあげられ、そこに成瀬という家があ

ったという事実さえ消し去られてしまう。

「どうするつもりだ」

憔悴《しょうすい》しきった顔で成瀬民部少輔は、源の後を受けて木曾衆の頭《かしら》となった渡辺有綱《わたなべありつな》を睨みつけた。

「申しわけもございませぬ」

渡辺は詫びるしかなかった。

「儂の名前が出れば、木曾衆も道連れにしてくれるわ」

怒りに我を忘れた成瀬民部少輔が、呪詛《じゅそ》を吐いた。

「それについては、ご安心のほどを願いまする。すでに捕まった者たちの始末は、終わっておりまする。木曾衆は昔より、京での戦いに敗れた方々をお迎えいたして参りました。お守りし、ときが満ちればお力をお貸しする。そうして、木曾は代々朝廷やときの幕府からの庇護《ひご》をいただいたのでございまする。なにがあっても秘密が漏《も》れぬよう、十分な手を用意しておくのが、代々の教訓。このたびも幾人かを置いていかねばならぬとなったときより、始末を担《にな》う者が残りましてございまする」

顔だけをあげて渡辺が報告した。

「まことか」

確認しなくとも、始末が口封じであることはわかる。

「はい」

しっかりと渡辺が首肯した。

「ならばよいが……」

少し成瀬民部少輔の力が抜けた。

「しかし、書付が奪えなかった失敗は取り返しがつかぬぞ」

「…………」

渡辺は無言で平伏した。

「現物がなければ、こちらとしてはなにも言えぬ。御殿坊主の話も、とどのつまりは老中が口にした文言を伝えてきただけ。宛先が誰なのか、日付はいつなのかもわからぬ」

「お墨付きは……」

「老中太田備中守の手によって、御用部屋の書庫へしまいこまれてしまったわ」

成瀬民部少輔が、悔《くや》しそうに言った。

「ならば、そこから奪って参りましょう」

「たわけ。お庭番《にわばん》が守っておるところぞ」

「たかが紀州の忍《しのび》でございましょう。なにほどのこともございませぬ」

胸を張って渡辺が、自信を見せた。

「おろかにもほどがあるわ。真剣など抜いたこともない旗本連中に追いはらわれて、半数を失いすごすごと逃げかえってきた者の、口にすることではないわ」

あきれた口調で成瀬民部少輔が非難した。

「……うっ」

顔を真っ赤にして、渡辺が沈黙した。

「せめてお墨付きの正確な内容だけでもわかれば、まだ手の打ちようもあるのだが」

「内容でございまするか」

「うむ」

成瀬民部少輔がうなずいた。

「何人《なにびと》が知っておりましょうや」

「まず駿府城代、太田備中守以下の老中、あと真贋《しんがん》の判定を担った奥右筆組頭」

渡辺の問いに成瀬民部少輔が答えた。

「今一度、我らにお任せくださいませ」

「なにをする気だ」

「奥右筆組頭から、内容を訊きだして見せまする」

「……奥右筆組頭を襲うか」

成瀬民部少輔が確認した。

「なにとぞ、我らに」

「やってみるがいい。ただし、これが最後だ」

冷たく成瀬民部少輔が口にした。

三

一橋館《ひとつばし》は江戸城の廓内、一橋御門から神田橋御門《かんだばし》へと一万八千坪近い広大な敷地を誇っていた。一橋御門と神田橋御門には大番屋《おおばんや》があり、館に出入りする者は、まちがいなく誰かに見られた。しかし、将軍家斉の実父という権威は、幕府へなにかしらの便宜《べんぎ》を願う者にとって魅力あるものであり、人の出入りは絶えなかった。

「老中安藤対馬守さまが、お目通りを願っておりまする」

用人城島左内が、次の来訪者の名前を告げた。

「通せ」

治済が、許した。

すぐに安藤対馬守が、姿をあらわした。

「お屋形《やかた》さまには、ご機嫌うるわしく、対馬守恐悦至極に存じあげまする」

下座で安藤対馬守が平伏した。

島津や前田ら外様の大名をその方らと下に見、御三家でさえ尾張どの、紀州どのと呼べる老中が、治済の前では、家来同然の態度をとっていた。

「対馬守の政への熱意、余は感服しておるぞ」

誠意のない口調で治済が、褒《ほ》めた。

「畏《おそ》れ入りまする」

ふたたび、安藤対馬守が頭をさげた。

「で、今宵《こよい》はどうした。お城から下がる途中であろう」

治済が用件を問うた。

「駿府から家康さまのお墨付きが、着きましたことお耳に届いておりましょうか」

「お墨付きが運ばれてくるとは聞いたが。今日であったかの」

興味のない顔で治済が述べた。

「内容については……」

「知らぬ。家康さまの代のことであろう。ならば、一橋の家にかかわることなどあるまい」

「さようでございまするが、中身は……」

「教えてくれずともよいわ。大昔の話であろう。知ってどうなるものでもない」

「……はっ」

中断された安藤対馬守が鼻白んだ。

「用件はそれだけかの」

暗に治済が、帰れと言った。

「いえ。じつは、本日御用部屋で尾張どのご養子の一件について、話しあいがございました」

「尾張どののか。それは必要なことだ。尾張は紀州、水戸と並んで徳川の一門。幕府をもりたててくれるたいせつな家柄ぞ。跡継ぎのことはあだやおろそかにすることはできぬ。老中たちが気を配ることは、まことに重畳《ちょうじょう》である」

治済が手を打った。

「で、跡継ぎは決まったのかの」

「いえ。まだでございまするが、その場でありましたことをご報告いたしたく……」

問いに首を振ってから、安藤対馬守が御用部屋での一部始終を語った。

「そうか。将軍家世継ぎは一橋が第一と言ってくれたか。いや、治済、将軍になりかわって礼を申すぞ。将軍家におかれても出自《しゅつじ》の家柄へは格別の思い入れがあられよう。幕府を支える老中に、その考えがあるというのは、なにより将軍への忠誠。この治済、対馬守の真心を忘れぬぞ」

「過分なるお言葉、対馬守、御礼申しあげまする」

安藤対馬守が喜色を浮かべた。

「対馬守のような者こそ、将軍家の補佐にふさわしい。将軍家へお目にかかるおり、きっと話をいたそうほどにな。期待しておるがいい」

「かたじけなきお言葉」

畳《たたみ》の跡がつくくらい額を低くして、安藤対馬守が帰って行った。

「ふん」

治済が鼻先で笑った。

「親が失った家禄《かろく》を復しただけで満足せず、さらに上を狙う。その気概は好ましいといえば好ましいが、やり方にな、品がないわ。まだ太田備中守がましか」

「次のお方をお通ししてよろしいでしょうか」

城島左内が顔を出した。

「今日は疲れた。あとは断ってくれ」

左手を治済が振った。

「承知いたしましてございまする」

一礼して城島左内が去っていった。

「おるか」

治済がたばこ盆へ手を伸ばしながら言った。

「これに」

天井板が外れて、冥府防人が落ちてきた。

「付け家老どもはどうじゃ」

「成瀬がまだあきらめておらぬようでございまする。竹腰は育ちがよすぎるのか、自ら動こうといたしませぬ」

冥府防人が報告した。

「馬鹿よな。紀州の安藤、水野がまだ付け家老のままなことの理由を考えておらぬのか」

鼻先で治済が笑った。

「御三家から将軍を出せば、付け家老はそれにともなって譜代へ戻り、執政衆になれるなど、夢どころか幻ですらないわ。我が祖父吉宗公は、紀州家当主から将軍へなられたお方だが、付け家老どもはしっかり国元へ置いてこられた。なぜだかわかるか」

「いえ」

治済の問いかけに、冥府防人は首を振った。

「つまらぬ矜持《きょうじ》に固まり、藩の政へ参加しようとしない。藩政を変える意見も出さぬ。紀州家の家臣ではないとの思いあがりが、そうさせたのだろう。しかしな、現状で力を発揮せぬ者が、幕府へ舞台を移したからといって、役に立つはずもない」

「……………」

無言で冥府防人は聞いた。

「付け家老の地位から抜けたければ、尾張や紀州の窮状《きゅうじょう》をなんとかしてみせよ。その手腕があれば、家康さまのお心にかなったほどの家柄をそのままになどしておかぬ。それに気づかず、不満だけを垂れ流しているような輩《やから》など、大名格でももったいない。余が将軍となったおりには、きっちりと決着をつけてやる」

きびしく治済が断じた。

「はっ」

冥府防人が、平伏した。

「太田備中守はいかがじゃ」

腹心も治済は信用していなかった。

「将軍家嫡子替えの前例を奥右筆組頭に問わせた後、口封じのため、箱根で無頼たちをけしかけたようでございまするが」

「どうせ失敗したのであろう。ふん。備中守は詰めが甘すぎる。金で雇った者に任せるからじゃ。金の力は侮《あなど》れぬが、心がついてこぬ。代々の家臣こそ、こういうときに使うのだ。家への忠義があれば、任にかける心構えが違う。また、それで失敗しても、かならずやなにかの収穫がある」

「その旨《むね》、お教えになられまするか」

「そんなつもりはないわ。また、太田備中守が失敗し続けてくれれば、なにかとつごうもよいからの。奥右筆組頭の後ろには越中守《えっちゅうのかみ》がおる。あやつは、いまだに田安家から白河《しらかわ》へやられたこと、将軍身内から陪臣へ落とされたことを、恨《うら》みと思っておるでな」

治済が、嘆息した。

「すんだことをしつこく覚えておってもいたしかたない。死人は生き返らぬ。産まれた子供を腹へもどすこともできぬ。これが真理である。それが、あやつにはわかっておらぬ。寛政《かんせい》の治などと褒められて、舞いあがったままでおる。なんでも己のやることが正しい。反対する者は田沼意次を筆頭として、皆悪と決めつける。狭量にもほどがある」

田安家の七男として生まれた定信を、白河へ押しつけたのは、田沼意次と治済であった。しかし、まだ定信が松平となる前に、田安家の跡取りであった兄の治察《はるあき》が死去した。跡継ぎを失った田安家は、白河との約束を反故《ほご》にし、定信を嫡子へなおそうとした。その動きを強引に押さえつけてまで、治済らは定信を徳川一門から追いだした。

そして、治済は、子供のいなくなった十代将軍家治の跡継ぎへ、我が子豊千代《とよちよ》を押しこんだのだ。

養子の話さえなければ、将軍となれた。定信がそう思ったのも当然であった。当時、田安家は一橋より格上、御三卿筆頭であったのだ。

「老中首座を追われたにもかかわらず、なにかと家斉へ入れ知恵をしておるようだしの。幕府にはあやつを信奉しておる者も多い。まだ余はあやつと正面きって戦う気はない。準備が整うまで、備中守が気を引いてくれればいい」

治済が、煙管《きせる》に火をつけた。

「ご遠謀、おそれいりまする」

「成瀬がなにをするのか、よく見張っておけ。あと奥右筆を殺させるな。まだあやつは使える」

しっかり見張れと治済が命じた。

「承知つかまつりましてございまする」

冥府防人が平伏した。


木曾衆は、あらたな仲間を招く間もなく、動かざるをえなかった。これ以上ときを費やせば、成瀬民部少輔により一層《いっそう》役立たずとの印象を植え付けることになる。源平の昔から朝廷にも名を知られた木曾衆が、明日の不安のない武士へ登れる大きな機会を失うわけにはいかなかった。

「よろしいのか、人を増やさずとも」

木曾衆の一人が、問うた。

「この人数でやれぬとでもいうか」

渡辺が拒否した。

「失敗したなどと木曾谷に知れてみよ。それ見たことかと言いだす輩が、しゃしゃり出てくることになる」

木曾衆も一枚岩ではなかった。わずかな禄で尾張藩に縛られるより、木曾衆としての矜持《きょうじ》を保って今までどおり晴耕雨読の生活を続けるべきだと主張する者もかなりいた。

事実、尾張藩に藩士として組みこまれれば、木曾を離れ尾張の城下へと移住しなければならなくなる。何代にもわたって山で生きてきた者が、城下でうまく生活できるかと不安がるのも当然であった。

「豊かな山を捨てるほどの見返りがあるのか」

そう言う反対意見もあった。

山にいれば、食べて行くには困らなかった。猪《いのしし》を狩り、魚を釣り、木の実を取る。腹が空けば出かけ、なにもしたくなければ一日寝ていても、どこからも文句は出ない。藩士となればそうはいかなかった。決まった時刻に起き、衣服を整え、登城し、上役同僚に気を遣《つか》い、定まった金のなかでやりくりする。

「窮屈な思いは御免だ」

年寄りの多くが、藩士への道を拒んでいた。

「結果を出さねばならぬ」

このまま成果もなしに戻れば、国元で待っているのは、権威の失墜と冷たい目だけである。渡辺は拙速と知りつつ動くしかなかった。

「奥右筆組頭の屋敷は、麻布《あざぶ》箪笥《たんす》町《まち》だ。寝込みを襲うぞ」

すでに江戸は暗くなっていた。

「おう」

山で暮らす木曾衆は、暗闇でも目がきいた。

渡辺が選んだ四名の木曾衆は、屋根の上を平地同然に駆けた。

併右衛門の屋敷は、二組の目で見張られていた。一つは松平定信に預けられたお庭番、そして冥府防人であった。

最初に木曾衆の気配を感じたのは冥府防人であった。

「昨日の今日とは、ずいぶん急いだな。焦《あせ》りはろくでもない結果しか生まぬというに」

柊家屋敷の屋根に張りついた冥府防人が苦笑した。

「中途半端なのだ。木曾衆は。侍でも忍でもない。どっちつかずなのだ」

忍とは、その字があらわすように、耐える者である。冥府防人は必要であれば、飲まず食わずのまま、雨が降ろうが日に照らされようが、幾日でもここに居続けられた。これこそ忍の本質であり、手裏剣術《しゆりけん》や化生《けしよう》の術などは、つけたしでしかない。忍に焦りはない。

「役立たずだな」

あっさりと冥府防人は木曾衆を切り捨てた。

「奥右筆組頭を襲うに、五人もか。十分であるように見えて、まったく足りぬ」

木曾衆が併右衛門の屋敷にとりついた。

「さて、お庭番はどうするか」

冥府防人は、併右衛門の屋敷の向かいに潜《ひそ》むお庭番の気配を探った。

「みょうな連中が入ったか」

じっとお庭番は動かなかった。定信の命は併右衛門の警固ではなく、ただ見張るだけであった。

「あやつはいかにする気だ」

お庭番も冥府防人へ注意を払った。

「見殺しか」

冥府防人は、お庭番の気に変化がないと悟った。

「冷たいことだ。越中守は」

苦笑しながら、冥府防人は柊家の庭へ降りた。

厄介叔父の部屋は台所とつながる板敷きと決まっていた。冥府防人は、縁の下へ潜ると床板を指先で弾《はじ》いた。

「誰だ」

寝ていた衛悟が反応した。

「ふふふ。少しはましになったようだな」

「その声は……」

思いあたった衛悟は、枕元に並べてある脇差《わきざし》へ手を伸ばした。併右衛門からもらった太刀は、今朝研《と》ぎ師へ預けてきたばかりで、手元になかった。

「騒ぐな。屋敷の者が起きてくるぞ」

押し殺した声で冥府防人が言った。

「どこだっ」

床下から聞こえてくる声の位置を探ろうと、衛悟は耳を澄ました。しかし、冥府防人の声は、真下かと思えば、遠くへ離れると、まったくつかめなかった。

「……くっ」

敵の位置がつかめない、いや、ここまで近づかれるまで気づかなかったことが、衛悟から余裕を奪っていた。

剣士同士の戦いとは違った、見えない相手への恐怖に、衛悟は震えた。

「おののいている暇などないぞ。急げ」

「なにっ」

ようやく衛悟は冥府防人から殺気が出ていないことに気づいた。

「併右衛門どのか」

衛悟は理解した。

「今回は、特別に教えてやった。警固だというなら、夜中も張りついておくのだな。寝ている間に守るべき者を殺されるなど、笑いものだぞ」

嘲笑《あざわら》うように告げて、冥府防人の気配が消えた。

衛悟は脇差を左手に、自室を飛びだした。台所の戸を蹴り開けて、衛悟は庭伝いに立花家へと急いだ。

四

屋根伝いに立花家へ入った木曾衆は、屋根瓦《がわら》を剝《は》がした。吉宗によって推奨された瓦屋根は、火事に強いが、めくってしまえば、厚みがないだけ茅葺《かやぶ》きよりも侵入は簡単であった。木曾衆は、腰につけていた小刀ですばやく屋根板に穴を開けた。

「行けっ」

渡辺が手を振った。

旗本屋敷の構造は、どこもさほどの差はなかった。木曾衆は、屋根裏に降りると、天井板をはずし、なかを確認した。

「いたか……」

「ここではない」

顔を見あわせた木曾衆二人が、部屋へと音もなく落ちた。

「…………」

無言で隣室の襖《ふすま》を開けた二人は、夜具にくるまっている併右衛門を見つけた。

小さく指で合図した二人のもとへ、渡辺以下三人が集まった。

「松一《まついち》と松二《まつに》は、見張りを。残りは抜刀しておけ」

小声で命じて渡辺も太刀を抜いた。

鉈《なた》のような分厚い太刀が、有明行灯《ありあけあんどん》の光に浮かんだ。

襖を引き開け、渡辺が併右衛門の枕元まで一気に奔《はし》った。

旅の疲れが取りきれず、熟睡していた併右衛門も、さすがに目をさました。

「なんだ……」

事態が呑《の》みこめていない併右衛門の首に、渡辺が太刀を押しつけた。

「静かにせよ」

「き、きさま、なにやつ」

併右衛門の眠気が吹き飛んだ。

「あのときの仲間か」

取り囲んでいる連中の風体で、併右衛門は思いだした。

「黙れ」

渡辺が太刀を少し引いた。

「つっ……」

併右衛門の首から血が一筋流れた。

「次は首がなくなる」

低い声で渡辺が宣した。

「奥右筆組頭、お墨付きを見たか」

「…………」

渡辺の問いに併右衛門は沈黙で答えた。

「読んだのだろう」

ふたたび渡辺が質問した。しかし、併右衛門は無言をとおした。

「答えろ」

いらだった渡辺が、太刀を押しつけた。併右衛門の喉《のど》に圧力がかかった。少しでも刃《やいば》を動かされれば、首の血脈を切られ、併右衛門の命はなくなる。

「黙っていろと言ったのはおぬしであろう」

併右衛門は、小さな声で述べた。

「ふざけるな。こちらの問いには答えるんだ。それ以外のことは口にするな」

渡辺が怒声をあげた。

「大きな声を出すな、夜中だぞ。近所迷惑だ」

さらに併右衛門はあおった。

併右衛門はときを稼いでいた。すなおに質問へ答えれば、待っているのは口封じである。顔を見られた曲者《くせもの》が、最大の生き証人をそのままにするはずはなかった。

守られる者は、援護が来るまで、どのようなことをしてでも生きのびなければならない。併右衛門はあえて不審者たちを怒らせた。

「ふざけたことを申すな」

併右衛門をまたぐように、若い木曾衆が顔を寄せた。

「死にたいのか」

若い木曾衆が脅《おど》した。

「死にたくはないな」

飄々《ひょうひょう》と併右衛門は応えた。

「ならば訊かれたことに返答せんか」

叱りつけるように若い木曾衆が叫んだ。

「もう一度訊く。これが最後だ。言わなければ……」

太刀を渡辺が、併右衛門の目の前へ突きだした。殺気が膨らんだ。

「お墨付きは見たか」

「ああ。拝見つかまつった」

ゆっくりと併右衛門はうなずいた。

「中身を一言一句漏らさず、しゃべれ」

渡辺が言うと同時に、少し離れたところで傍観していた初老の木曾衆が、懐《ふところ》から紙と矢立《やたて》を取りだした。

「用意はいいか。まず……」

併右衛門は、初老の木曾衆の筆を見ながら語り始めた。

庭伝いに立花家へ入った衛悟は、併右衛門の居室に面した雨戸が閉められたままなのを見た。

「まずいな」

なかの様子がまったくわからない状況で、雨戸を蹴りとばして入るのは愚の骨頂である。待ち伏せでもされていれば、目も当てられない結果になる。

「やむをえぬ」

衛悟は、庭を横ぎると母屋の外れの雨戸を叩《たた》いた。

「瑞紀どの」

待つほどもなく、応対があった。

「衛悟さま……このような夜更けに」

怪訝《けげん》そうな瑞紀の声が板戸ごしに聞こえた。

「夜分にすまぬ。立花どのに異変が」

「……父に」

「ならぬ。瑞紀どのが行かれてもどうにもなるまい」

動きだしそうな瑞紀の気配を感じて、衛悟は制止した。

「今開けまする」

かすかな音がして閂《かんぬき》が外れた。

「御免」

内から開くのを待ちきれず、衛悟は雨戸を引き開けた。

「御免」

汚れた足のまま、衛悟は縁側へあがった。

「瑞紀どのは、お部屋に隠れておられよ」

寝間着姿の瑞紀を一瞥《いちべつ》して、衛悟は指示した。

「父をお願いいたしまする」

「命にかえても」

目に残った乱れた後れ毛を、無理矢理追いだして衛悟は駆けた。

「……元和二年正月三日。花押」

併右衛門の語りも終わりに近づいていた。

「宛先は、宛先を言え」

渡辺がせっついた。そこがなにより肝腎《かんじん》であった。

「拙者の任は、真贋の鑑定である。花押が本物であれば、そこで仕事は終わりぞ。宛先まで見てはおらぬ」

突きつけられた刃を気にしながら、併右衛門は首を振った。

「ふざけるな。そこまで来ておきながら、宛先を見ていないなどありえるものか」

太刀を目のところへ渡辺があげた。刃が行灯の光を反射し、併右衛門の瞳を射た。

「目に入らなかったものはしかたあるまい。駿府御城代どのが、じっと見つめられているところでの役目ぞ。とても余計なところにまで気をもっていくことなどできぬわ」

併右衛門は頑固《がんこ》に言い張った。

「宛先まで読んでいなかったとしよう。だが、文字くらいは見えたであろう。それを言え」

渡辺がさらにせまった。

「文字など覚えておらぬ」

「頭、このままでは埒《らち》があきませぬ。少し痛めつけてやれば、思いだしましょう」

若い木曾衆が、併右衛門の足を夜具のうえから踏みつけた。

「ぐっ」

重みをかけられた臑《すね》の骨が、きしんだ。併右衛門は痛みに苦鳴を漏らした。

「折れてから思いだすか。それでもこちらは構わぬぞ」

脅しの言葉を渡辺が耳元でささやいた。

「……なにをしておる」

思わず併右衛門は、遅い衛悟を罵《ののし》った。

「なんだと」

ぐっと若い木曾衆が体重をかけた。

「ぐうう」

併右衛門の臑は折れる寸前であった。

通い慣れた隣家である。衛悟はまちがうことなく縁側を曲がり、併右衛門の居間へあと少しとなった。

「しゃあああ」

不意に襖が蹴り倒され、衛悟の目の前を白光が過ぎた。警戒していた木曾衆松一が、衛悟の気配を感じて襲ったのだ。

「なんの」

すでに気を張っていた衛悟は、庭への雨戸へ身をぶつけるようにしてかわし、抜き放っていた脇差を右から左へ袈裟《けさ》がけに斬りあげた。

「ひゃああ」

松一の両手が肘《ひじ》から飛んだ。苦鳴をあげて松一が倒れた。

「間合いが遠いわ」

衛悟は吐きすてて、次へと向かった。あとには、両腕から血潮を流しながら縁側でのたうつ松一が残された。

「おのれ、松一を……」

松二とは併右衛門の居間を挟んで逆にいた松二が、縁側を走ってきた。

「白刃を抜いて他人の屋敷へ踏みこんだのだ。生きて帰れるなどと思っていたのではなかろうな」

わざと衛悟は大声を張りあげた。

「衛悟……」

併右衛門は、おもわず名前を呼んだ。

「敵か」

若い木曾衆が、併右衛門の足から離れ、障子《しょうじ》側へと寄った。

「ちっ。なんとしてでも防げ。おいっ、さっさと吐け」

渡辺が焦った。

「言わぬよ。拙者はたしかに宛先も見ている。だが、しゃべらぬ」

小さく、併右衛門は笑った。

「死にたいか」

「命をなくすのは、そちらだ。聞き覚えがないのか、あの気合いに」

併右衛門は縁側へと顔を向けた。

「おうりゃああ」

「ぎゃっ」

気合いと悲鳴が障子を突きぬけて届いた。

「……あれは」

大きく渡辺が目を見開いた。

「あやつか」

若い木曾衆が、太刀を身体の前に立ててから、障子を大きく開いた。

黒いかたまりが、開いた隙間《すきま》から若い木曾衆へぶつかってきた。

「たああ」

太刀を思いきり若い木曾衆が振った。骨の折れる鈍い音がして、若い木曾衆の足下へ人が倒れた。

「やった。やったぞ」

若い木曾衆が歓声をあげた。

「馬鹿者。よく眼《まなこ》を開け。きさまが斬ったのは……」

筆書きをしていた初老の木曾衆が、怒鳴《どな》った。

「えっ」

足下へ目をやった若い木曾衆が絶句した。くの字に折れ曲がるようにして倒れ伏しているのは、松二であった。衛悟が斬り殺した松二を盾《たて》にしたのだ。

「そんな……」

仲間を斬った衝撃に恐慌した若い木曾衆が、渡辺のほうへ顔を向けた。

「たわけ、気をそらすな」

渡辺の忠告は遅かった。

そこへ衛悟が飛びこんだ。

「ぬん」

衛悟は正面から脇差を斬って落とした。

「……あくっ」

頭を割られて、若い木曾衆が絶息した。

「杉四《すぎし》……よくも息子を」

初老の木曾衆が筆を投げすてて、太刀を鞘走らせた。

「死ねえ」

大きく振りかぶって、殴りつけるように襲いかかってきた。

木曾衆の太刀は、山のなかで枝や幹にひっかかることのないよう長さが短い。振りあげても天井板へぶつかることはなかった。

「……………」

衛悟はしっかりと敵の動きを見ていた。いかに短いとはいえ太刀と脇差では間合いが違う。衛悟は、上段に構えた脇差を真っ向から振った。

「届かぬわ」

目の前を過ぎていく脇差に、動きを止めた木曾衆が勝利の笑みを浮かべた。

「ぬん」

衛悟の読みどおりであった。衛悟は一拍の間を作るためにわざと脇差で空を斬った。

手首を返すことで、はずれた脇差を衛悟は下段からの斬りあげに変えた。

「えっ……ぎゃあ」

股間を存分に割られた木曾衆が絶叫した。

涼天覚清流極意、霹靂《へきれき》を衛悟は脇差で遣った。

「よくも、よくも……おまえのせいで」

仲間が全滅したのを見て、渡辺が呪詛《じゅそ》の言葉を吐いた。

「ことは破れた。これで我らが表に出ることは、当分あるまい」

興奮から一気にさめたのか、渡辺は落ちついた口調で話した。

「きさま一人につまずくとは……」

うつろな笑いを渡辺が漏らした。

「しかし、このまま終わりはせぬ。せめてきさまらだけでも……動くな」

身体の位置を変えようとした衛悟へ、渡辺が怒鳴った。

「そこで見ていろ。奥右筆組頭の首が落ちるさまをな。こいつを始末した後、おまえも殺してくれる。その前に、脇差を捨てろ。足下じゃない。縁側まで放り投げろ」

渡辺が、併右衛門へ太刀を突きつけながら命じた。

「衛悟……」

併右衛門が、首を振った。

「どうする。少しでも長生きさせてやるべきだと思わぬか」

瞳に狂気を浮かべて渡辺が、口の端をゆがめた。

「…………」

衛悟はだまって脇差を捨てた。

「馬鹿者が……瑞紀をどうするつもりだ」

哀しい声で併右衛門は叱った。併右衛門は己の命運がつきたと覚悟した。

「けっこうだ。そこで年寄りの最期を看取ってやれ。助けられなかったことを後悔しろ」

渡辺が、ゆっくりと刃を併右衛門の首に押し当てた。どれほど鋭利な刃でも、人の身体というのは、押しているだけではなかなか斬れない。

笑いながら併右衛門の命をもてあそんでいた渡辺が、不意に後ろへ倒れた。

棒手裏剣が渡辺の頭を貫いていた。

「なんだ」

併右衛門はなにが起こったのかわからなかった。

「上」

足下で死んでいる木曾衆から太刀を奪い取って、衛悟は天井を睨みつけた。

「助けてやった恩人へ、その態度はどうだ」

天井板が外れ、冥府防人が現れた。

「きさま……」

「一別以来だな、奥右筆組頭」

衛悟を無視して冥府防人が、併右衛門へ語りかけた。

「おまえは……」

併右衛門も思いだした。

「心配するな。今は、おまえの敵ではない」

冥府防人は無手であった。

「柊の厄介者」

冷たい目を冥府防人が向けた。

「馬鹿の一つ覚えのように、正面から行くから、こうなるのだ。人質を取られている
ときの、戦い方ぐらい考えろ。敵を倒すことが主眼ではないだろうが」

弟子へ教えるように冥府防人が語った。

「……ううむ」

返す言葉を衛悟はもっていなかった。

「助けてもらったことに礼を言おう」

起きあがって併右衛門は、頭をさげた。

「そうよ。人としての礼儀はつくさねばの」

冥府防人が当然だと首肯した。

「で、何用か」

併右衛門は、冥府防人に目的があると読んでいた。

「さすがだな」

ゆっくりと冥府防人が衛悟へ近づいた。緊張した衛悟は、太刀の柄を強く握りしめた。

「あわてて斬りかかってくるなよ。そうなればおぬしを殺さねばならぬからな」

冥府防人が倒れている木曾衆の懐《ふところ》を探った。

「それは……」

取りだした紙を見て、併右衛門は悟った。

「家康の書付。内容を口伝えするのはたやすいが、やはり書いたものがあるのは強いでな」

冥府防人が併右衛門を見た。

「宛先は、誰だ」

誰に与えられるべきだったかを、冥府防人も知らなかった。

「言えぬ」

併右衛門が首を振った。

「成瀬隼人正《はやとのかみ》であろう」

あっさりと冥府防人が言った。

「ど、どうして……」

「中身を知っていれば、推測は簡単だ」

「な、なぜ内容を……」

二度併右衛門は驚愕させられた。

「駿府城の天井板は薄い」

にやりと冥府防人が笑った。

「待て、それを渡すわけには行かぬ」

併右衛門は、紙を返せと手を出した。

「動くな」

動こうとした衛悟を、冥府防人が制した。

「今のおまえを斬っても、楽しめぬ。もう少し修行を積んでくれぬと、刀の錆《さび》にするのもうっとうしいわ」

冷徹に冥府防人が言い放った。

「それより、こんな真実《まこと》かどうかの証拠もない紙にこだわる暇はあるのか。こいつらの死体をどうにかせぬといかぬのであろう」

「むう」

言われて併右衛門は、唸った。

「またぞろ越中守に頼ることになるのだろうが、あんまり近づきすぎると後悔することになるぞ。あやつも権という名の魔に魅入られておるからな」

音もなく冥府防人が天井へと跳びあがった。

「次に会うときには、戦う気にさせてくれよ」

衛悟へ向けて言うと、冥府防人が消えた。

「併右衛門どの……」

力なく衛悟は呼びかけた。

「この馬鹿者が。儂がとらわれてどうしようもなければ、敵を倒しおぬしが生き残ることを考えよ。二人が死んでなんになるのか」

まず、併右衛門は衛悟を叱りつけた。

「旅のことといい、今宵のことといい、そなたはまだまだできておらぬ」

「申しわけありませぬ」

衛悟が頭をさげた。

「二人ともが死ぬか、二人とも生き残るかという選択肢だけしかないのか。一人を犠牲にすることで、もう一人が助かる。これも考えにいれねばならぬであろう。ああ、わかっておる。衛悟、おぬしは足りぬから、こう思ったであろう。死ぬならば、己だと。そこが愚かだと言うのだ」

あっさりと併右衛門は衛悟の心を読んだ。

「どちらが生き残るかなどは、状況で変わる。儂は必要とあれば、躊躇《ちゅうちょ》なくおまえを見捨てる。おまえには、一人生きのびてからの覚悟がない。だから、楽なほうへ進もうとするのだ。死ぬことより生きることがはるかに難しい」

「…………」

言い返せず、衛悟は黙った。

「剣がいかにうまくなっても、あやつに勝てぬのは、そこにある」

併右衛門は、きびしく諭《さと》した。

「ゆっくり思索せい」

「……はい」

衛悟がうなだれた。

「それよりも、この後始末をせねばならぬ。衛悟、急ぎ越中守さまのもとへ報せに行ってくれ」

屋敷に転がる木曾衆の死体は、奥右筆組頭の手には余った。併右衛門には越中守を頼るしかなかった。

翌日、城中で出会った越中守の機嫌は悪かった。

「なぜお墨付きのこと、余に相談いたさなんだ。江戸へ戻ってきての報告もない。それでいて面倒ごとが起これば、泣きついてくる」

「申しわけございませぬ」

叱られた併右衛門は、頭をさげるしかなかった。

「まあよいわ。大局の見えぬ輩に愚痴を申してもしかたない」

松平定信が嘆息した。

「あとのことは、こちらでする。そなたは、なにもするな。みょうな動きがあったときだけ、報告すればいい。たかが付け家老へのお墨付きなど、なにほどのことがあるのか。それよりも重要なことはいくらでもあろう。誰も彼も踊りおって。うつけばかりよな」

冷徹な言葉を残して松平定信が去っていった。

頭をさげて見送った併右衛門は、うつむいたままつぶやいた。

「お墨付きを侮《あなど》っておられるのは、越中守さまではございませぬか」

併右衛門はゆっくり顔をあげた。

「神君家康公のお墨付きに書かれているのは、付け家老を陪臣から譜代へ戻すとの話。これは、一度落とした身分を、もとへ返すことなのでございますぞ。いわば身上がりの許可状。つまりは、臣下となった者、他姓を継いだ者でも、将軍へ就くことができる前例となるのでござる」

感情をなくした声で併右衛門は続けた。

「使いかたを知るお方の手に入ったとき、お墨付きは御上を揺るがす威力を持つことでございましょう」

小さく、併右衛門は口の端をゆがめた。

松平定信と別れて、奥右筆部屋へ戻った併右衛門は、未決の文箱に置かれた書付を手にして絶句した。

「駿府城代北条安房守氏興《うじおき》、敏次郎君お側役《そばやく》を命じる」

書付には老中署名つきでそう記されていた。駿府城代から若君側役になるのは、栄誉であった。若君お側は敏次郎が将軍となったときの出世が約束されている。それこそ、若年寄老中になることも夢ではない。

「お墨付きの内容を知る者を、見張るため江戸へ集めたのか。いや、口止め……」

老中を除いて、家康のお墨付きの内容を知っているのは、北条安房守と併右衛門だけである。北条安房守へ伸びた権力の魔手が、併右衛門を放置しておくはずはなかった。

「………」

併右衛門は身体の震えを止められなかった。

冥府防人が持ち帰ったお墨付きの写しを、治済は満足そうに見ていた。

「おもしろきものよな。神君家康公による身上がりの許し。これがあれば一橋を継いだ我が身でも将軍へなれる」

「それほどのものでございまするか」

治済に抱きよせられながら、絹が訊いた。

「なんといっても家康さまのお墨付きだからな。誰もさからうことはできぬ。将軍となった家康さまの言葉を覆《くつがえ》すことは許されぬ」

写しを放りだして、治済は絹の襟元《えりもと》へ手を入れた。

「本物が欲しい」

「はっ」

目の前で平伏していた冥府防人が首肯した。

「あと、家斉を舞台から降ろしたとき、儂以外に一橋に人がいるのはつごうが悪い」

「…………」

「ああ。殺すのではないぞ」

沈黙した冥府防人へ、治済が首を振った。

「息子どもをどこぞへ養子にやるということじゃ」

「畏《おそ》れ入りまする」

冥府防人が、息をついた。

「儂が将軍となったあと一橋を継ぐ一人を残して、あとは全部養子に出さねばならぬ。孫もな。しかし、我が子孫となれば、どこでもいいとはいかぬ。そうじゃ、ちょうどよい。敬之助の死で、跡継ぎのいなくなった尾張に一人くれてやろう」
よい考えだと、治済が手を打った。

解説

王道を歩む気鋭のエンターテインメント作家、上田秀人と「奥右筆秘帳」の魅力に迫る

榎本　秋

今年（二〇〇九年）、本書を含む「文庫書き下ろし時代小説」初のガイドブックとなる『この文庫書き下ろし時代小説がすごい！』（宝島社）が刊行された。これに掲載されたランキングで一位を獲得した作品こそ、「奥右筆秘帳」シリーズである。

私自身も監修として加わらせていただいたこの本では、ランキングの選定法がちょっと特殊だったので、まずそこから説明しよう。選定条件は「二〇〇八年刊行であること」「五巻以上シリーズが続いていないこと」「六人の作家を殿堂入りとし、その作品を入れないこと」だった。このような基準を作ったのは、文庫書き下ろし時代小説には佐伯泰英という名実共に兼ね備えたトップランナー及び、井川香四郎、風野真知

雄、鈴木英治、鳥羽亮、藤原緋沙子といった既に名声を獲得している人気作家たちがおり、彼らの手がけたシリーズ群がある。これに対して、『この文庫書き下ろし時代小説がすごい！』においてはそこから一歩距離を置いて、新たな作家、作品を発掘したかったのである。そして、その結果として選び出させていただいたのが「奥右筆秘帳」シリーズだった、というわけだ。

選出の理由は、何よりも「奥右筆秘帳」には文庫書き下ろし時代小説というジャンルに要求されるものが全て詰まっている、ということだった。

まず、文庫小説なのだから手軽さ、読みやすさは欲しい。だからといって薄っぺらい物語ではなく、様々な登場人物たちの思惑や葛藤《かっとう》が絡み合った読み応えのある物語であって欲しい。剣戟《けんげき》や忍者の活躍など、アクション要素は読者を引きつけるための重要なものだ。「奥右筆秘帳」では剣による切り合いのシーンをたびたび出した上で、それをただのアクションシーンに終わらせず、登場人物たちの「死」への思いや衛悟《えいご》の葛藤に結びつけて、奥深さを演出している。こうした「生き死に」への現代日本人とは違う江戸時代人たちの意識をはっきり書いているのは、複雑怪奇な陰謀劇や剣士・忍者のアクションとともに、上田作品の特徴の一つである。

加えて、「奥右筆」という地味で私たちがあまり知らない、しかし実情は非常に面白い役職に目を付けたアイディアもいい。その一方で、主人公は「中間管理職」、その相方は「迷えるアルバイト」という現代の私たちにとってもごく身近に感じられるキャラクター設定なのも、読者の共感を呼ぶ。時代小説だけでなく、娯楽小説全般でこうした「読者と縁が遠く、興味を引く設定」と「読者と縁が近く、共感を呼ぶ設定」の組み合わせは非常に大事だ。

こうした要素を多角的に評価した上で、「奥右筆秘帳」を一位に選ばせていただいた訳である。

では、その「奥右筆秘帳」はどんな作品なのか、というところに目を移していきたい。

幕府のあらゆる文書の管理・作成を行う部署、「奥右筆」。前例主義が基本の幕府において、記録を一手に取り仕切るこの部署の重要性は大きい。それだけでなく、全ての文書が一度奥右筆を通るため、場合によっては老中さえ無視できないほどの権威が発生するのだ。それはつまり、この部署に属する者は時に幕府の重大な機密と幾重にも張り巡らされた陰謀に接することもある、ということだった。

物語の舞台となるのは十一代将軍家斉《いえなり》の時代。奥右筆の組頭をつとめる立花併右衛《たちばなへいえ》門《もん》はまさにその役目ゆえに幕府内部の暗闘に幾度も巻き込まれることになった。併右衛門はただただ家を立派にしたい、娘の瑞紀《みずき》に良い婿《むこ》を取らせてその家を継がせたいと思うばかりなのだが、役目と情勢がそれを許さない。そんな併右衛門を守るのは隣家の若侍、柊《ひいらぎ》衛悟。養子のあてがない旗本の次男坊としては、併右衛門のちらつかせる養子口の斡旋《あっせん》がいかにも魅力的だ。実は瑞紀へのほのかな想いもある。

この現代風にいうなら「腹黒中間管理職親父とアルバイトの若僧」のデコボココンビが、無数の勢力が入り乱れて争う幕政の暗闇に敢然と立ち向かう、というのが、本シリーズ「奥右筆秘帳」のおおまかなあらすじである。シリーズ四巻目にあたる本書『継承』では、家斉の子で御三家の一つ尾《お》張《わり》家の養子になっていた敬之《けいの》助《すけ》の死に端を発する継承問題と、突如発見された神君家康《いえやす》の書付問題の二つが巻き起こり、併右衛門と衛悟は新たな危機へと追い込まれる。

彼らの周囲では、老中として権勢を振るう太田《おおた》資愛《すけよし》、老中を追われてなお画策を続ける松平《まつだいら》定信《さだのぶ》、自らが将軍となるために暗躍する家斉の父・一橋《ひとつばし》治済《はるさだ》とその命《めい》で動く居合いの達人・冥府《めいふ》防人《さきもり》といった面々が策謀を練り、「全員が味方になりうるが全員が敵でもある」という複雑怪奇な陰謀劇が繰り広げられる。その中で、実権を老中たちに握られたがゆえに何も政治的な行動は出来ないが、だからこそ冷めた目でそうした暗闘を見守り、鋭い発言をする将軍・家斉の存在が物語を引き締めているのも見逃せない。

本編より前にこちらの解説を開かれた読者のために詳しくは話せないが、今巻の最後の展開はいよいよ物語が結末に向けて大きくうねりだしたのを感じさせる。そう、あの「書付」を巡る物語はこの巻では決着がついていないのだから。――おそらく、ここからの「次の将軍」を巡る大きな歴史の動きに、書付が重要な役割を果たすことになるのだろう。

見所はそうした陰謀劇ばかりではない。前巻『侵蝕』で大きく動いていた併右衛門と衛悟の関係性、特に衛悟の成長もまた見逃せないところだ。今巻ではいよいよ涼天《りょうてん》覚清流《かくしんりゅう》の免許を許された衛悟の前に、刀を振るう意味、戦う意味、自らの将来といった難問がのしかかる。さらりと衛悟への養子話なども舞い込んできて、今後二人（と瑞紀）の関係がさらに大きく変わって行くきっかけになるのは間違いない。おそらくシリーズでも重要なテーマとなるだろう問題だけに、今後も見守っていきたいところだ。

最近の氏の動向についても紹介しよう。まず、一月に「勘定吟味役異聞」シリーズ

（光文社時代文庫）が、四月に「織江緋之介見参」シリーズ（徳間文庫）が、それぞれ大好評のうちに完結を迎えた。

前者は幕府の財政を監査する勘定吟味役の主人公が、新井白石などが活躍した六代、七代将軍の時代を舞台に、経済にまつわる無数の陰謀に、頼もしい仲間はいれど政治的には孤立無援の戦いを繰り広げる物語である。

一方、後者は三代将軍の時代にふらりと吉原《よしわら》に現れた男が、江戸の町にはびこる陰謀や自らの人生に秘められた因縁《いんねん》と戦いながら、自らの居場所、生きる意味を再発見して行く物語である。

現在のところ、この二シリーズに加えて、町奉行所同心だった男が九代将軍家重《いえしげ》とその側近に見いだされて直属の調査役になり、大規模な陰謀に立ち向かって活躍する「三田村元八郎」シリーズ（徳間文庫）のいずれかが上田氏の代表作ということになるのだろう。「上田作品に興味があるけど、少しずつ追いかけるのではなく一気に読みたい」というあなたには今がチャンス。ぜひ完結記念の一気読みを試みて欲しい。

また、上田氏の活躍は文庫時代小説だけにとどまらない。豊臣秀吉に「その忠義、鎮西《ちんぜい》一。その剛勇、また鎮西一」とたたえられた九州の名将・立花宗茂《たちばなむねしげ》を主人公にした『孤闘　立花宗茂』が中央公論新社から五月に発売されたばかりだ。こちらも合わせてチェックして欲しい。

こうして上田作品を振り返ってみると気づくことがある。それは、「奥右筆秘帳」がこれまでの上田作品の集大成的な位置づけにあるのではないか、ということだ。「織江緋之介見参」で描かれた居場所探し、自分探しは衛悟の葛藤に。「勘定吟味役異聞」の「普段注目されていない役職」と「孤立無援の暗闘」は併右衛門の苦難に。そして「三田村元八郎」や歴史小説に描かれた、歴史の大きなうねりに関わっていくスケールの大きさはいうまでもない。むしろ順に上田作品を追っていくと、関わっていく出来事のスケールの大きさや重要性の度合いがいや増していることに気づく。となると「奥右筆秘帳」のラストにどんな出来事が待っているのか——これはファンなら誰しもが期待せずにはいられないところではないだろうか。

また、『この文庫書き下ろし時代小説がすごい!』ではランキングとともに上田氏にインタビューもさせていただき、ご自身の経歴から、歯医者という本業を持ちながら作家になった理由、二足のわらじを履《は》きながらの執筆スタイル、作家としてのスタンスまで、熱く語っていただいた。上田作品のファンなら必見のインタビューに仕上がっているので、是非《ぜひ》ご一読をお願いしたい。

　この時にひしひしと感じたのは、氏が明確に読者の方を向いて作品を執筆している、ということだった。娯楽小説は読者を楽しませるためにあるのだという認識のもと、どうしたら読者に受け入れられるか、どうしたら読者が楽しんでくれるのかということを真摯《しんし》に考えた上で作品を書かれているのだ、ということが強く感じられ、大変感動した次第である。

本書は文庫書下ろし作品です

|著者|上田秀人　1959年大阪府生まれ。大阪歯科大学卒。'97年小説CLUB新人賞佳作。歴史知識に裏打ちされた骨太の作風で注目を集める。講談社文庫の「奥右筆秘帳」シリーズ（全十二巻）は、「この時代小説がすごい！」（宝島社刊）で、2009年版、2014年版と二度にわたり文庫シリーズ第一位に輝き、抜群の人気を集める。「百万石の留守居役」は初めて外様の藩を舞台にした新シリーズ。このほか「お髷番承り候」（徳間文庫）、「御広敷用人大奥記録」（光文社文庫）、「闕所物奉行裏帳合」（中公文庫）、「妾屋昼兵衛女帳面」（幻冬舎時代小説文庫）、「表御番医師診療禄」（角川文庫）などのシリーズがある。歴史小説にも取り組み、『孤闘　立花宗茂』（中公文庫）で第16回中山義秀文学賞を受賞、『天主信長』（講談社文庫）では別案を〈裏〉版として書下ろし、異例の二冊で文庫化。近刊に『梟《ふくろう》の系譜　宇喜多四代』（講談社）。
上田秀人公式HP「如流水の庵」 http://www.ueda-hideto.jp/

継承《けいしよう》　奥右筆秘帳《おくゆうひつひちよう》

上田秀人《うえだひでと》

2009年6月12日第1刷発行
2014年3月14日第19刷発行

講談社文庫
定価はカバーに表示してあります

発行者——鈴木　哲
発行所——株式会社　講談社
東京都文京区音羽2-12-21　〒112-8001
電話　出版部（03）5395-3510
　　　販売部（03）5395-5817
　　　業務部（03）5395-3615

Printed in Japan

デザイン—菊地信義
本文データ制作—講談社デジタル製作部
印刷———大日本印刷株式会社
製本———株式会社国宝社

ISBN978-4-06-276394-3

講談社文庫刊行の辞

二十一世紀の到来を目睫に望みながら、われわれはいま、人類史上かつて例を見ない巨大な転換期をむかえようとしている。

世界も、日本も、激動の予兆に対する期待とおののきを内に蔵して、未知の時代に歩み入ろうとしている。このときにあたり、創業の人野間清治の「ナショナル・エデュケイター」への志を現代に甦らせようと意図して、われわれはここに古今の文芸作品はいうまでもなく、ひろく人文・社会・自然の諸科学から東西の名著を網羅する、新しい綜合文庫の発刊を決意した。

激動の転換期はまた断絶の時代である。われわれは戦後二十五年間の出版文化のありかたへの深い反省をこめて、この断絶の時代にあえて人間的な持続を求めようとする。いたずらに浮薄な商業主義のあだ花を追い求めることなく、長期にわたって良書に生命をあたえようとつとめるところにしか、今後の出版文化の真の繁栄はあり得ないと信じるからである。

同時にわれわれはこの綜合文庫の刊行を通じて、人文・社会・自然の諸科学が、結局人間の学にほかならないことを立証しようと願っている。かつて知識とは、「汝自身を知る」ことにつきていた。現代社会の瑣末な情報の氾濫のなかから、力強い知識の源泉を掘り起し、技術文明のただなかに、生きた人間の姿を復活させること。それこそわれわれの切なる希求である。

われわれは権威に盲従せず、俗流に媚びることなく、渾然一体となって日本の「草の根」をかたちづくる若く新しい世代の人々に、心をこめてこの新しい綜合文庫をおくり届けたい。それは知識の泉であるとともに感受性のふるさとであり、もっとも有機的に組織され、社会に開かれた万人のための大学をめざしている。大方の支援と協力を衷心より切望してやまない。

一九七一年七月

野間省一

講談社文庫
書下ろし

人気沸騰

上田秀人「奥右筆秘帳」シリーズ

□ 第一巻 密《みっ》封《ぷう》

ISBN978-4-06-275844-4

江戸城の書類決裁に関わる奥右筆は幕政の闇にふれる。十二年前の田沼意知事件に疑念を挟んだ立花併右衛門は帰路、襲撃を受ける。

□ 第二巻 国《こっ》禁《きん》

ISBN978-4-06-276041-6

飢饉に苦しんだはずの津軽藩から異例の石高上げ願いが。密貿易か。だが併右衛門の一人娘瑞紀がさらわれ、隣家の次男柊衛悟が向かう。

□ 第三巻 侵《しん》蝕《しょく》

ISBN978-4-06-276237-3

外様薩摩藩からの大奥女中お抱えの届出に、不審を抱いた併右衛門を示現流の猛者たちが襲う。大奥に巣くった闇を振りはらえるか？

□ 第四巻 継《けい》承《しょう》

ISBN978-4-06-276394-3

神君家康の書付発見。駿府からの急報は、江戸城を震撼させた。真贋鑑定を命じられた併右衛門は、衛悟の護衛も許されぬ箱根路をゆく。

□ 第五巻 簒《さん》奪《だつ》

ISBN978-4-06-276522-0

将軍の父でありながら将軍位を望む一橋治済、復権を狙う松平定信。忍を巻き込んだ暗闘は激化するが、護衛の衛悟に破格の婿入り話が!?

□ 第六巻 秘《ひ》闘《とう》

ISBN978-4-06-276682-1

奥右筆組頭を手駒にしたい定信に反発しつつも、将軍継嗣最大の謎、家基急死事件を追う併右衛門は、定信も知らぬ真相に迫っていた。

講談社文庫
書下ろし

痛快無比！

上田秀人「奥右筆秘帳」シリーズ

□ 第七巻　隠《おん》密《みつ》

ISBN978-4-06-276831-3

一族との縁組を断り、ついに定信と敵対した併右衛門は、将軍家斉が毒殺されかかった事件を知る。手負いの衛悟には、刺客が殺到する。

□ 第八巻　刃《にん》傷《じょう》

ISBN978-4-06-276989-1

江戸城中で伊賀者の刺客に斬りつけられた併右衛門は、受けた脇差の鞘が割れ、老中部屋の圧力で、切腹、お家断絶の危機に立たされる。

□ 第九巻　召《めし》抱《かかえ》

ISBN978-4-06-277127-6

瑞紀との念願の婚約が決まったのもつかの間、衛悟に新規旗本召し抱えの話がもたらされる。定信の策略で二人は引き離されるのか!?

□ 第十巻　墨《ぼっ》痕《こん》

ISBN978-4-06-277296-9

衛悟が将軍を護ったことで立花、柊両家の加増が決まる。だが定信は将軍謀殺を狙う勢力と手を結ぶ。大奥での法要で何かが起きる!?

□ 第十一巻　天《てん》下《か》

ISBN978-4-06-277437-6

将軍襲撃の衝撃冷めやらぬ大奥で、新たな策謀が。親藩入りを狙う薩摩からの刺客を察知した併右衛門の打つ手とは？女忍らの激闘！

□ 第十二巻　決《けっ》戦《せん》

ISBN978-4-06-277581-6

ついに治済・家斉の将軍位をめぐる父子激突。そしてお庭番を蹴散らした最強の敵冥府防人に、衛悟は生死を懸けた最後の闘いを挑む！

〈完結〉

講談社文庫　目録

講談社文庫　目録

江波戸哲夫　ジャパン・プライド
衿野未矢　依存症の女たち
衿野未矢　依存症の男と女たち
衿野未矢　依存症がとまらない
衿野未矢　「男運の悪い」女たち
衿野未矢　男運を上げる15歳ヨリウエ男〈悩める女の厄落とし〉
衿野未矢　恋は強気な方が勝つ！
江上　剛　頭取無惨
江上　剛　不当買収
江上　剛　小説　金融庁
江上　剛　絆
江上　剛　再起
江上　剛　企業戦士
江上　剛　リベンジ・ホテル
江上　剛　起死回生
江上　剛　瓦礫の中のレストラン
江國香織　真昼なのに昏《くら》い部屋
R・アンダーソン　江國香織訳　荒井良二画　レターズ・フロム・ヘヴン
江國香織・文　松尾たいこ・絵　ふりむく

江國香織他　彼の女たち
遠藤武文　プリズン・トリック
遠藤武文　トリック・シアター
大江健三郎　新しい人よ眼ざめよ
大江健三郎　宙返り(上)(下)
大江健三郎　取り替え子《チェンジリング》
大江健三郎　鎖国してはならない
大江健三郎　言い難き嘆きもて
大江健三郎　憂い顔の童子
大江健三郎　河馬に噛まれる
大江健三郎　M/Tと森のフシギの物語
大江健三郎　キルプの軍団
大江健三郎　治療塔
大江健三郎　治療塔惑星
大江健三郎　さようなら、私の本よ！
大江健三郎　水死
大江健三郎・文　大江ゆかり・画　恢復する家族
大江健三郎・文　大江ゆかり・画　ゆるやかな絆
小田　実　何でも見てやろう

大橋　歩　おしゃれする
大石邦子　この生命ある限り
沖　守弘　マザー・テレサ〈あふれる愛〉
岡嶋二人　七年目の脅迫状
岡嶋二人　あした天気にしておくれ
岡嶋二人　開けっぱなしの密室
岡嶋二人　とってもカルディア
岡嶋二人　ビッグゲーム
岡嶋二人　ちょっと探偵してみませんか
岡嶋二人　記録された殺人
岡嶋二人　ツァラトゥストラの翼〈スーパー・ゲーム・ブック〉
岡嶋二人　そして扉が閉ざされた
岡嶋二人　どんなに上手に隠れても
岡嶋二人　タイトルマッチ
岡嶋二人　解決まではあと6人〈5W1H殺人事件〉
岡嶋二人　なんでも屋大蔵でございます
岡嶋二人　眠れぬ夜の殺人
岡嶋二人　珊瑚色ラプソディ
岡嶋二人　クリスマス・イヴ

講談社文庫　目録

岡田芳郎　世界一の映画館と日本一のフランス料理店を山形県酒田につくった男はなぜ忘れ去られたのか
大城立裕　小説 琉球処分(上)(下)
太田尚樹　満州裏史〈甘粕正彦と岸信介が背負ったもの〉
大島真寿美　ふじこさん
大泉康雄　あさま山荘銃撃戦の深層(上)(下)
大山淳子　猫弁〈天才百瀬とやっかいな依頼人たち〉
大山淳子　猫弁と透明人間
大山淳子　雪猫
大倉崇裕　小鳥を愛した容疑者
大鹿靖明　メルトダウン〈ドキュメント福島第一原発事故〉
緒川怜　冤罪死刑
荻原浩　砂の王国(上)(下)
海音寺潮五郎　新装版 列藩騒動録(上)(下)
海音寺潮五郎　新装版 江戸城大奥列伝
海音寺潮五郎　新装版 孫子(上)(下)
海音寺潮五郎　新装版 赤穂義士
加賀乙彦　高山右近
加賀乙彦　ザビエルとその弟子
金井美恵子　噂の娘

柏葉幸子　霧のむこうのふしぎな町
柏葉幸子　ミラクル・ファミリー
勝目梓　悪党図鑑
勝目梓　処刑猟区
勝目梓　獣たちの熱い眠り
勝目梓　昏《くら》き処刑台
勝目梓　眠れない
勝目梓　生《いけ》贄《にえ》
勝目梓　剝《は》がし屋
勝目梓　地獄の狩人
勝目梓　鬼畜
勝目梓　柔肌は殺しの匂い
勝目梓　赦《ゆる》されざる者の挽歌
勝目梓　毒と蜜
勝目梓　秘戯
勝目梓　鎖の闇
勝目梓　呪縛
勝目梓　恋情
勝目梓　覗く男

勝目梓　小説家
勝目梓　死《しに》支《じ》度《たく》
鎌田慧　空港〈25時間〉
鎌田慧　新装増補版 自動車絶望工場
鎌田慧　橋の上の「殺意」〈畠山鈴香はどう裁かれたか〉
桂米朝　米朝ばなし〈上方落語地図〉
笠井潔　梟《ふくろう》の巨《おお》なる黄昏《たそがれ》
笠井潔　群衆の悪魔〈デュパン第四の事件〉
笠井潔　ヴァンパイヤー戦争《ウォーズ》 1〈吸血神ヴァーオゥの復活〉
笠井潔　ヴァンパイヤー戦争《ウォーズ》 2〈月のマジックミラー〉
笠井潔　ヴァンパイヤー戦争《ウォーズ》 3〈妖僧スペシネフの陰謀〉
笠井潔　ヴァンパイヤー戦争《ウォーズ》 4〈魔獣ドゥゴンの跳梁〉
笠井潔　ヴァンパイヤー戦争《ウォーズ》 5〈謀略の礼部クーデター〉
笠井潔　ヴァンパイヤー戦争《ウォーズ》 6〈秘境アフリカの女王〉
笠井潔　ヴァンパイヤー戦争《ウォーズ》 7〈蛮族トゥトゥインガの逆襲〉
笠井潔　ヴァンパイヤー戦争《ウォーズ》 8〈ブドゥールの黒人王国〉
笠井潔　ヴァンパイヤー戦争《ウォーズ》 9〈ルビヤンカ監獄大襲撃〉
笠井潔　ヴァンパイヤー戦争《ウォーズ》 10〈魔神ネヴセシブの覚醒〉

笠井　潔　ヴァンパイヤー戦争《ウォーズ》11〈地球霊ガイ・ムーの聖婚〉
笠井　潔　鮮血のヴァンパイヤー〈九鬼鴻三郎の冒険1〉
笠井　潔　疾風のヴァンパイヤー〈九鬼鴻三郎の冒険2〉
笠井　潔　雷鳴のヴァンパイヤー〈九鬼鴻三郎の冒険3〉
笠井　潔　新版サイキック戦争Ⅰ〈紅蓮の海〉
笠井　潔　新版サイキック戦争Ⅱ〈虐殺の森〉
笠井　潔　青銅の悲劇〈瀕死の王〉(上)(下)
川田弥一郎　白く長い廊下
川田弥一郎　江戸の検屍官　闇女
加来耕三　信長の謎〈徹底検証〉
加来耕三　義経の謎〈徹底検証〉
加来耕三　山内一豊の妻と戦国女性の謎〈徹底検証〉
加来耕三　日本史勝ち組の法則500〈徹底検証〉
加来耕三　「風林火山」武田信玄の謎〈徹底検証〉
加来耕三　天璋院篤姫と大奥の女たちの謎
加来耕三　直江兼続と関ヶ原の戦いの謎〈徹底検証〉
香納諒一　雨のなかの犬
神崎京介　女薫の旅
神崎京介　女薫の旅　灼熱つづく

神崎京介　女薫の旅　激情たぎる
神崎京介　女薫の旅　奔流あふれ
神崎京介　女薫の旅　陶酔めぐる
神崎京介　女薫の旅　衝動はぜて
神崎京介　女薫の旅　放心とろり
神崎京介　女薫の旅　感涙はてる
神崎京介　女薫の旅　耽溺《たんでき》まみれ
神崎京介　女薫の旅　誘惑おって
神崎京介　女薫の旅　秘に触れ
神崎京介　女薫の旅　禁の園へ
神崎京介　女薫の旅　色と艶と
神崎京介　女薫の旅　情の限り
神崎京介　女薫の旅　欲の極み
神崎京介　女薫の旅　愛と偽り
神崎京介　女薫の旅　今は深く
神崎京介　女薫の旅　青い乱れ
神崎京介　女薫の旅　奥に裏に
神崎京介　女薫の旅　空に立つ
神崎京介　女薫の旅　八月の秘密

神崎京介　女薫の旅　十八の偏愛
神崎京介　滴《しずく》
神崎京介　イントロ
神崎京介　イントロ　もっとやさしく
神崎京介　愛技
神崎京介　無垢の狂気を喚び起こせ
神崎京介　h　エッチ
神崎京介　h＋エッチプラス
神崎京介　h＋α《エッチプラスアルファ》
神崎京介　I LOVE
神崎京介　利口な嫉妬
神崎京介　天国と楽園
神崎京介　新・花と蛇
加納朋子　ガラスの麒麟
加納朋子　コッペリア
加納朋子　ぐるぐる猿と歌う鳥
かなざわいっせい　ファイト！〈麗しの名馬、愛しの馬券〉
鴨志田穣　西原理恵子　アジアパー伝
鴨志田穣　西原理恵子　どこまでもアジアパー伝

講談社文庫　目録

2013年12月15日現在